Abd al Malik

Abd al Malik est rappeur, écrivain, metteur en scène et réalisateur. Artiste reconnu, il a obtenu quatre Victoires de la musique. Promu officier de l'ordre des Arts et des Lettres en 2017, il est l'auteur de plusieurs ouvrages dont *Qu'Allah bénisse la France* (Albin Michel, 2005) et *Camus, l'art de la révolte* (Fayard, 2016). *Méchantes blessures* a paru chez Plon en 2019.

MÉCHANTES BLESSURES

ABD AL MALIK

MÉCHANTES BLESSURES

PLON

MIXTE
Papier issu de
sources responsables
FSC® C003309

Pocket, une marque d'Univers Poche,
est un éditeur qui s'engage pour la préservation
de l'environnement et qui utilise du papier fabriqué
à partir de bois provenant de forêts gérées
de manière responsable.

ISBN : 978-2-266-30992-9
Dépôt légal : septembre 2020

« Mais qui se donne au temps de sa vie, à la maison qu'il défend, à la dignité des vivants, celui-là se donne à la terre et en reçoit la moisson qui ensemence et nourrit à nouveau. »

L'Homme révolté – Albert Camus

I

Rue des Saint-Pères

Hier, j'ai dîné en survêtement Tacchini au Flore. Je me suis dit que le passéisme, l'orgueil, la suffisance avaient fait de nous un peuple vieux, composite.

La cité, maintenant, à son cœur défendant pourtant, ne fait plus qu'imiter, et mal, les médiocrités nostalgiques. Que vieux discours, vieux schémas aient sur le dos un vêtement neuf, les voilà prétendant à la jeunesse éternelle. Si la vieillesse a ses vertus, s'évertuer à la dissimuler lui ôte toute forme de sagesse.

La France est vieille parce qu'elle refuse d'être elle-même, c'est-à-dire spirituelle. En sortant du métro, rue du Dragon, j'ai vu une jeune fille qui dansait en plein milieu de la chaussée. Cette beauté nubile m'a fait tressaillir d'abord, puis penser que chaque époque a sa Juliette Gréco, que chaque pas de danse marque toujours l'extinction lente, progressive de quelque chose de beau, qui était là au commencement.

Le monde se meurt partout, dans les paroles et les actes. C'est seulement la fin d'*un* monde, m'a-t-on dit. Mais n'est-ce pas la fin *du* monde pour tous ceux qui l'ont chéri ? Je ne suis ni adepte de mélancolie morne ni habitué aux ternes dorures des cafés fantômes qui ne doivent plus leur notoriété qu'à des livres d'histoire et à des documentaires en noir et blanc. Mais, paire de Jordan aux pieds, je passais à peine la porte du café que je le ressentis d'instinct : l'endroit avait été l'écrin d'une vérité accessible à tous qui, avec le temps, était devenue de moins en moins lisible, presque impossible à atteindre aujourd'hui.

J'étais invité au café de Flore par un ami qui m'est cher pour des raisons que je n'expliquerai pas ici. Il m'avait envoyé un mail : « Cher Kamil, je t'espère bien. Nous dînons avec quelques amis et Hans Ulrich Obrist au Flore mercredi de la semaine prochaine à 20 h 30. Pourrais-tu te joindre à nous ? Amitiés. »

J'ai été assis, toute la soirée durant, en face de Hans Ulrich. Un homme délicat au regard franc. Nous avons parlé d'Édouard Glissant, de culture, de musique ; puis, je ne sais pourquoi ni comment, j'ai fini par lui demander : « Que penses-tu de Kanye West, justement ? » Le rappeur-compositeur n'avait pas encore déclaré à Donald Trump sa flamme, disons, non conformiste. Il était encore aisé d'émettre un avis en ne tenant compte que de l'artiste.

Comment appréhende-t-on un artiste aujourd'hui ? C'est une question profonde assurément, dans une époque où la tendance est au dénigrement ou, pire, à l'incompréhension. Entre ces deux extrémités de la pensée le Graal, le réceptacle perdu de la vérité absolue.

C'est cet objet de l'esprit que veulent retrouver toutes celles et tous ceux qui tendent encore à la véritable connaissance ; mais ce qui est caché de la sorte ne peut que redevenir visible puisque c'est la fin du monde.

Le moment où le point le plus bas devient, même inversé, le reflet parfait du point le plus haut.

Et compte tenu du trouble inédit du temps présent et de la continuité qui relie toutes choses, c'est bien cette époque double que nous vivons à l'évidence : la fin d'un cycle ancien et le début d'un nouveau.

Après s'être accordé un temps léger de réflexion, mon voisin de table me déclara sans affectation aucune : « Kanye West, c'est le Mozart de notre temps. » Dans le déroulement de la pensée esthétique, que j'expose pour des raisons qui seront bientôt explicites, rapprocher ces deux artistes était tout bonnement phénoménal. C'était le cœur même de mon propos, parce que mettre au jour des filiations inédites quand on est handicapé par l'absence de la figure paternelle, c'est proclamer haut et fort l'Amour comme vérité cardinale.

L'idée de progrès, tel qu'on l'entend, s'accomplit dans le sens ascendant, de l'inférieur au supérieur. Ce n'est pourtant pas ainsi que doit se concevoir ma poétique. C'est même dans le sens inverse que je l'entends, que je la vois. C'est au contraire en allant du supérieur à l'inférieur que les choses vont en se révélant. Du supérieur à l'inférieur, c'est dans le croisement, dans le passage du cycle ancien au cycle nouveau que jaillit cette vérité cachée, n'est-ce pas ? Le développement réel de tout artiste suppose une distance de plus en plus grande avec le principe dont il procède, du plus haut nécessairement vers le plus bas. Cette chute originelle à chaque instant se répète, comme la matérialisation progressive de ce qui, au départ, est état d'esprit.

Kanye West était donc la cristallisation de ce que représente symboliquement Wolfgang Amadeus Mozart dans l'esprit d'un des grands critiques d'art de notre temps. Ce qui, pour le B-boy que j'avais su rester, signifiait, évidemment, quelque chose.

Je suis rentré de ce dîner à pied, à minuit environ. J'ai longé les quais longtemps, doutant, gambergeant sur la discussion que je venais d'avoir. Me demandant si ce n'était pas jouer le jeu infâme du divertissement planétaire que de siéger à un séminaire où l'on spécule en portant aux nues un champion de la culture pop qui, à l'instar des idoles de son envergure, ne s'inscrit dans aucune dimension orthodoxe. Dans le sens où les cultes que ces figures génèrent ne sont voués qu'à leurs êtres propres et sans aucune aspiration patente à l'authentique transcendance.

Prophètes profanes de cet universalisme, religion postmoderne, qui n'a d'universel que sa capacité, malgré le résiduel de différences culturelles, à évider tout ce qui est substantiel pour engendrer partout de l'artificiel. Monnaie efficiente d'une civilisation où désormais c'est officiellement que tout le monde s'achète et se vend. Sans doute est-ce le véritable aboutissement de cette Renaissance initiée par François Ier mais, aussi antitraditionnel que fut ce pan de l'Histoire, n'est pas Léonard de Vinci qui veut.

Il ne s'agit ni d'une attitude servile ni d'une admiration béate ni même d'une bête critique de tout ce qui viendrait des Amériques, mais bien des racines du spleen de ceux qui ont la prétention légitime à des velléités artistiques aujourd'hui. Et s'il est pertinent, comme on peut l'entendre ici et là en France et en Europe, de magnifier de nouveau à grande échelle le christianisme comme moteur spirituel du changement, il ne s'agit pas tant d'interroger une attitude que d'analyser ce qui la sous-tend, c'est-à-dire la compréhension essentielle de ce qu'est réellement la spiritualité. Ce qu'elle est et ce qu'elle implique comme acte concret pour être de nouveau opératoire en Occident tout en tenant compte de l'acquis principal de la Révolution française, ce concept fondateur qui charpenta définitivement le génie français une fois actualisé : le refus de l'asservissement, le refus de toutes formes d'injustice.

Aujourd'hui, ma foi, la subversion est dans l'Amour, au sens où l'entendait saint Bernard, et personne de sérieux, qu'il ait connaissance ou non de la vie simple de l'abbé de Clairvaux, ne peut le contester. C'est à ce prix-là, et à ce prix-là seulement, que la France redeviendra un authentique modèle universel.

Je suis arrivé chez moi en sueur avec cette poésie comme pensée – avant que mon récit intime ne se conforme à un type de narration moins extravagant dans la forme – quand mon portable a clignoté pour annoncer un SMS de mon grand frère, Rédoine : « Salam, papa arrive demain de Brazzaville à 5 h 15 à Roissy. Dis-moi si tu peux aller le chercher sinon je lui envoie un taxi qui le déposera à la gare de l'Est. Et, dans ce cas, rejoins-le, mets-le dans un train et préviens-moi. J'irai le chercher à la gare de Strasbourg. » Quand je me suis endormi, le mot « papa » n'a cessé de résonner dans ma tête. Et je me suis réveillé avec un mal de crâne horrible qui n'est pas parti après la prière de l'aube.

J'ai pris le métro ligne 7 à Opéra pour ne pas arriver trop en avance. Mais je n'avais pas perdu autant de temps que je l'aurais voulu, puisque je me suis retrouvé à la gare plus d'une heure avant l'arrivée de mon père.

Je me suis installé dans un café-restaurant du grand hall. Le manque de sommeil, le mal de tête qui avait presque disparu et mon désarroi franc ont fait que je me suis endormi, sans transition, après que le garçon, qui venait de me servir un thé, un croissant et un jus d'orange, m'avait déclaré être un de mes admirateurs. Je n'ai pas dormi longtemps malgré l'impression trompeuse. En ouvrant les yeux, j'ai vu une vieille dame assise en face de moi qui m'a demandé si j'étais le chanteur. J'ai répondu « oui », alors elle a souri.

Le Uber qui a déposé mon père était mal entretenu, ce qui ajouta à ma douleur de voir cet homme, qui avait le même visage que moi, à l'allure maladive, noyé dans un costume bon marché. Il m'a interpellé de ses yeux au sourire triste. Je ne savais comment réagir, alors je l'ai embrassé sur le front. Puis je l'ai pris dans mes bras et j'ai serré fort, parce que j'étais aussi ému que lui, même si ce n'était pas pour les mêmes raisons. Il a regardé sa montre : « Il fait froid, dans votre pays. On part bientôt… » J'ignorais s'il me posait une question ou s'il énonçait un constat, alors je lui ai donné l'heure du départ. Mais il m'a répondu : « Non, je voulais juste dire : heureusement, on part bientôt. Mais c'est stupide, parce que à Strasbourg il fait encore plus froid qu'ici j'imagine… Tu m'accompagnes là-bas, finalement ? » Je me suis exclamé : « En fait, non », parce qu'il n'en avait jamais été question. Il a ajouté après un instant : « Tu sais, je demandais seulement, comme ton frère ne m'a rien précisé. Je me suis juste dit que ça serait bien de vous voir tous réunis autour de maman et moi. »

Ç'aurait pu être bien, en effet. Quand j'étais dans la cité, je jalousais ceux qui avaient leur père et leur mère. Alors le soir, je pleurais souvent, mais ça, il ne pouvait pas le savoir. Personne ne l'a jamais su d'ailleurs. Au bout d'un certain temps, je m'y suis fait. On avait notre mère c'est tout. C'est pour ça que j'étais ému : pas tant du fait de le voir – c'était la deuxième fois en vingt ans – mais de prendre conscience que, moi aussi, j'avais un père, comme tout le monde. Et aussi parce que je m'imaginais depuis toujours comme quelqu'un de complexe et je découvrais que je l'étais vraiment. Il faut toujours considérer deux tendances inverses, l'une ascendante et l'autre descendante, et qu'importe si c'est l'une ou l'autre qui prend le pas dans notre être ou dans une situation donnée, les deux sont complémentaires dans notre existence, indissociables même, comme l'inspiration et l'expiration. Le fait de grandir avec maman seulement nous avait, mes frères et moi, éloignés de ce principe, et voir cet homme, là, devant moi, me faisait revenir à une vérité fondamentale : nous étions le fruit de l'amour entre deux personnes, même s'il avait été bref ou univoque.

Mon père n'a pas ajouté grand-chose. Quand je suis monté avec lui dans le wagon pour l'aider à s'installer, il a soufflé : « Tu es sûr que tu ne veux pas venir avec moi ? » J'ai rangé son sac sur le porte-bagages au-dessus de son siège et je l'ai regardé, impuissant. « Je sais que tu n'as pas pris ton billet et que tu ne peux pas venir. Mais chaque fois que je désire trop fort quelque chose, m'expliqua-t-il, j'ai tendance à le dire à haute voix. Même si la chose en question est impossible. » Il m'a raccompagné à la porte du wagon et m'a fixé droit dans les yeux : « Bon, au revoir, Kamil, c'est Kamil, c'est ça, hein ? C'est parce que tu es devenu musulman que tu as pris ce prénom ou c'est parce que Achille ne te plaisait plus ? » Sans me laisser le temps de répondre, il a poursuivi : « L'essentiel, c'est que tu sois heureux et l'islam te rend heureux apparemment. Moi aussi j'aurais voulu être heureux. » Je l'ai embrassé et le train est parti.

Mon père, comme ma mère, était né catholique mais, contrairement à elle, il n'avait pas hésité à lorgner, sans qu'on sache réellement pourquoi, du côté des protestants, des témoins de Jéhovah, puis des mormons. Mais j'ignore si, un jour, la spiritualité a vraiment signifié quelque chose pour lui.

Je suis rentré chez moi en taxi. Et j'ai réfléchi durant tout le trajet. Ces retrouvailles, dont je venais de vivre l'esquisse, rendaient possibles mes conceptions de l'art, bien différentes de ce que laissaient croire les esprits rétrogrades qui, parce qu'on vient de la rue, parce qu'on est noir ou musulman, font, trop souvent, fi de notre profondeur et de notre complexité émotionnelle.

Moins d'un mois plus tard, la santé de mon père s'est dégradée. Je suis arrivé à Strasbourg à midi. Ma mère m'avait préparé des feuilles de manioc. Mes deux frères et une tante étaient là aussi. Mon petit frère, Jibril, m'a raconté une histoire qui m'a fait rire, et Rédoine m'a dit : « Papa va peut-être mourir et toi, tu rigoles ! » Je lui ai répondu que c'était nerveux, mais il n'a rien voulu savoir.

Lorsqu'on s'est présentés tous les trois à l'hôpital, mon père dormait. Il n'avait plus la force de faire autre chose. Une infirmière est entrée derrière nous. Elle a questionné : « Vous êtes les enfants ? », puis sans attendre la réponse : « Vous pouvez sortir quelques minutes ? » J'ai demandé : « Pourquoi ? » Elle a dit en faisant un drôle de signe de la tête : « Je vais m'occuper de lui, ça ne va pas durer longtemps. » Alors on est sortis dans le couloir, puis on est allés, à côté, dans la salle d'attente où il n'y avait personne. Rédoine a révélé : « Je pense souvent à la mort depuis qu'il est là. » Jibril a secoué la tête : « Moi aussi. »

Il y a une chose assez bizarre, que je n'aimais pas soulever à propos de notre fratrie, c'était que nos souvenirs en commun remontaient exactement au départ de mon père du domicile familial, comme s'il y avait eu, à ce moment précis, un mur qu'il nous était devenu absolument impossible d'escalader. Dès lors, tout s'ordonne, dans nos évocations, comme des chroniques ordinaires de cité ; mais avant, c'est le vide, le chaos ou plutôt la période légendaire. Le lieu temporel du traumatisme et, à vrai dire, l'aveu d'une amnésie volontaire sur tout un pan de notre tragédie intime.

La séparation de nos parents engendra des changements d'importance chez nous trois, mais différents selon les tempéraments de chacun. Cet épisode ne ressemblait à rien de ce que nous avions pu vivre individuellement et collectivement jusque-là. Bref, ce divorce changea profondément nos conditions générales d'existence. Je ne rentrerai pas dans les détails ni ne donnerai d'exemple pour ne pas céder, comme de coutume, au récit misérabiliste qu'on associe généralement aux femmes mais surtout aux hommes qui ont le même parcours que le mien.

De retour au chevet de mon père, qui avait ouvert les yeux mais ne nous regardait pas, comme incarcéré dans ce corps devenu à la fois sa geôle et son geôlier, on est restés debout sans rien dire. « Comment elle s'appelle, déjà ? » s'est exclamé Jibril en parlant de l'infirmière qui avait causé longtemps avec nous, avant de nous laisser seuls. Elle nous avait dit que ce n'était pas réellement un coma, que notre père était en état de choc mais qu'il nous voyait, nous entendait parfaitement et qu'il nous répondrait lorsqu'il en aurait envie. Elle nous expliqua aussi qu'elle était originaire de Paris et qu'elle avait travaillé longtemps au journal *Le Monde*, aux cuisines de la cantine du fameux quotidien. Elle trouvait les Alsaciens froids mais respectueux, et c'est par amour qu'elle avait quitté la capitale. C'était il y a longtemps et maintenant elle se sentait seule et vieille. Ce que j'ai contredit en lui disant : « La jeunesse est un état d'esprit, vous savez bien. » Elle a rougi et changé de sujet en disant que, dans tous les cas, notre père serait mieux soigné ici qu'à Brazzaville. Rédoine s'est empressé d'ajouter : « Ça, c'est sûr ! » avec un petit rire sarcastique.

Dans cette aile de l'hôpital, les autres infirmières semblaient craindre cette femme. Alors que nous ne trouverions que gentillesse chez elle et même finirions par l'appeler par son prénom, lorsqu'on nous annoncerait, trois semaines plus tard, le décès de notre père. Elle s'appelait Angélique.

Et puis on a accompagné la dépouille paternelle à Brazzaville, et tout est allé trop vite. Je suis né à Strasbourg, dans l'hôpital même où mon père venait de rendre l'âme, et je n'étais jamais allé au Congo. Quatre tantes et deux oncles maternels avaient fini par nous rejoindre en Alsace et, de guerre civile en rendez-vous manqué, maman nous avait confié, à mes frères et à moi : « C'est le destin, et le destin ne se force pas. Vous irez lorsque vous irez. » On avait compris et intégré qu'on n'irait peut-être jamais. J'avais tout de même affirmé : « Oui, c'est nos racines. » Je lisais beaucoup Cheikh Anta Diop à l'époque.

La grande pièce dans laquelle le corps de mon père était entreposé n'allait pas désemplir. Des femmes que je ne connaissais pas pleuraient de tout leur corps, tantôt en chantant à tue-tête, tantôt en bavant de tristesse des paroles incompréhensibles. Je ne bougeais pas, mais mes yeux sans doute devaient me trahir, puisque maman, qui distribuait des petites bouteilles d'eau sorties d'une glacière, s'est assise à côté de moi. « C'est la coutume. Ça va durer jusqu'à demain matin et d'autres membres de la famille qui arrivent de loin viendront lui parler ce soir, pour lui rendre un dernier hommage. » Je lui ai chuchoté : « Lui parler ? » Maman me fit alors un sourire empreint de pitié : « Dans la tradition, les morts nous entendent et nous voient comme lorsqu'ils étaient vivants. Ils nous parlent et nous répondent aussi. Seulement, ils ne s'expriment plus de la même manière. »

Je n'ai revu maman que bien plus tard. La nuit était déjà tombée lorsqu'elle est revenue avec du café et de la nourriture, qu'elle a continué à distribuer avec d'autres femmes que je ne connaissais pas davantage. Puis j'ai aperçu Rédoine qui s'endormait, alors que mes oncles s'apprêtaient à parler sévèrement à mon père mort. Par mimétisme avec mon frère, mais aussi parce que j'étais épuisé, j'ai fermé les yeux et me suis endormi.

À mon réveil, mon cousin Franck, le fils de ma tante paternelle qui s'était remariée avec un Américain blanc et qui vivait à New York, était assis à côté de moi, et me parlait comme s'il n'avait pas remarqué que j'étais assoupi ou comme s'il considérait, en bon Américain, que même le sommeil ne pouvait empêcher l'attention qu'on devait lui porter : « … On en avait vu aucun exemple avant ça dans l'histoire de l'humanité et ça a pourri tout l'Occident. C'est ce mode de pensée si spécifique qui a tout influencé en mal. » J'émergeais sans la moindre idée de ce que racontait ce cousin, que j'avais rencontré pour la première fois de ma vie à l'aéroport, deux jours plus tôt.

Je me suis redressé sur ma chaise dans une sorte de grognement qu'il a interprété comme un signe d'approbation, alors il a continué : « Le sens étymologique du mot est à prendre au premier degré. Sinon c'est la merde, tu comprends ? Parce que confondre la sagesse elle-même avec l'outil qui est censé y conduire ne peut qu'entraîner l'oubli de la véritable nature de cette sagesse. Tu vois ce que je veux dire ? » Je voyais à présent ce qu'il voulait dire. Je lui avais brièvement glissé à l'aéroport que j'avais fait des études de philosophie. Il me tapa sur l'épaule et se leva : « Regarde autour de toi. Je suis sûr que tu le sens. Y a autre chose, cousin. Y a autre chose. » Et il partit.

Tout mon séjour à Brazzaville ressemblerait à cette discussion. Je savais vaguement pourquoi j'étais là, mais je ne comprenais ni ce qu'on me disait ni ce que je ressentais. En outre, hormis ma mère, quatre tantes, deux oncles maternels, Rédoine et Jibril, mes deux frères, je ne connaissais personne. Et précisément au moment où je regardais autour de moi j'ai réalisé que je n'avais vu aucun Blanc depuis mon arrivée. Alors, j'ai eu le sentiment étrange d'être libre.

Quelque temps après le départ du cousin, un des oncles qui étaient venus de loin, et qui apparemment n'avait pas encore pris la parole, se leva et, à son tour, invectiva le cadavre de mon père. L'oncle chantonnait d'une voix presque nasillarde : il me donnait l'impression d'être sur scène. Les autres le regardaient et l'écoutaient comme au spectacle, attentifs à chacune de ses paroles. Ils se tortillaient les doigts, se frottaient les mains ou agrippaient leurs genoux, comme s'ils s'apprêtaient à applaudir chaque fois que l'homme reprenait son souffle, entre ses longues tirades.

Cet homme, dont on ne pouvait savoir s'il avait trente ou soixante-dix ans, vêtu d'une chemise blanche, d'un costume-cravate vert pomme impeccable et d'une paire de Weston orange, était fascinant. Malgré la nuit et les larges ventilateurs, il faisait chaud, la grande salle était pleine à craquer. Maman vint éponger les grosses perles de sueur qui tombaient du front de l'oncle sans âge et lui donna une bouteille d'eau. Il s'interrompit, but au goulot et fit un signe de la tête en remerciement. Ma mère se retira discrètement et vint s'asseoir sur la chaise que le cousin d'Amérique avait laissée vide. Elle me regarda avec un sourire, puis me caressa la tête : « C'est lui qui m'a présentée à ton père et qui a organisé notre mariage. C'est ton grand-oncle, il vient d'avoir cent quinze ans. » Elle ajouta après un court silence : « Il dit que ton père n'aurait jamais dû venir en France. »

Le vieil homme a parlé très longtemps sans que jamais l'attention de l'assistance ne tombe. Des femmes ont pleuré, quelques hommes aussi. Ceux qui étaient là depuis le début et que je n'avais pas entendus parler. Et je ne savais plus si le cousin américain m'avait vraiment réveillé ou si ses paroles et sa présence à mes côtés n'étaient pas le début d'un rêve d'où je n'étais pas encore sorti.

Et j'ai continué à rêver de la sorte, d'où la difficulté de raconter avec précision les chants et les pleurs en la basilique Sainte-Anne du Congo, la procession, et, porté par quatre gaillards, le cercueil, qui refusait de prendre la trajectoire du cimetière jusqu'à ce que mon fameux grand-oncle, encore lui, lui fasse entendre raison. Le sol rouge et vert, le ciel gris et bleu, et le soleil lourd et invisible. Maman qui pleurait, riait, dansait en parlant à la fois à son ancien mari défunt et à son propre père, mon grand-père mort quelques années plus tôt, qu'elle disait voir deviser maintenant sous ses yeux. Mes frères, qui, à présent absents à eux-mêmes, avaient été, tout au long du séjour, absents tout court. L'incompréhension face à la foule qui grossissait au fur et à mesure que nous approchions du cimetière. Le cercueil qu'on descendit sans brutalité dans un puits sans fond, alors qu'autour régnait un harmonieux chaos. Et puis l'atterrissage, que je confondis avec le décollage, quand j'ouvris les yeux alors que l'avion roulait sur le tarmac lisse de Roissy-Charles-de-Gaulle.

La fenêtre de ma chambre était grande. Elle n'avait ni volet ni rideau, et laissait pénétrer en toute saison une lumière brutale. Notre lit ressemblait à un cercueil pour deux, et ma célèbre compagne Rita, qui ne vivait que pour chanter la mort, trouvait, fatalement, l'image belle.

Elle disait comme le poète : « Les chants les plus tristes sont les plus beaux. » À mon réveil deux jours plus tard, j'étais à Paris alors que ma famille était rentrée à Strasbourg. Tous avaient passé une nuit chez moi à notre arrivée. Mon appartement est grand, mais on avait dû tout de même camper un peu tellement nous étions nombreux. J'étais heureux qu'ils soient là, leur présence était comme un sas de décompression après ce que nous venions de vivre à Brazzaville, mais j'étais tout de même pressé d'être seul. Bien sûr, je couvais une dépression, mais je pensais comme maman que nous autres étions nés dépressifs, alors ça n'avait pas réellement d'importance.

En traînant des pieds, je suis allé acheter du pain à la boulangerie qui fait l'angle avec la gare du Nord, celle tenue par un couple français d'origine maghrébine. Sur le chemin, je me suis dit que je n'avais rien à faire et j'ai appelé mon agent. Rita, dont la popularité ne cessait de grossir depuis la sortie de son nouvel album, était en tournée et je ne savais pas par quel bout commencer le manifeste sur les cultures urbaines qu'un éditeur m'avait commandé. Sans trop réfléchir, j'avais pris l'avance. Je m'étais dit que pour l'écriture je verrais plus tard. Mon agent était à Bruxelles et rentrait à Paris en début d'après-midi, mais, à cause de la grève des cheminots, il ne pouvait me dire l'heure exacte. « Je t'enverrai un message dès que je sais. » À 14 h 35, j'étais devant la voie 8. Il y avait beaucoup de monde. Là, deux jeunes hommes noirs, agents de la SNCF, à l'accent typique de Seine-Saint-Denis, m'ont reconnu : « Kamil ? C'est Kamil ma gueule », s'empressa de dire le premier à son ami qui ajouta dans ma direction : « Salam alaykoum, on peut faire une photo ? » Pendant que le premier jeune homme nous prenait en selfie, l'autre enchaînait : « Franchement, tu nous représentes bien. Surtout quand tu parles au babtou de l'islam et tout ça. En plus, tu viens du même endroit que nous. Ça fait plaisir, la vie de moi. » Le premier jeune homme poursuivit : « Et tes sons aussi, ils font grave cogiter. C'est pas juste du rap, c'est de la poésie, tu vois. » Je les ai remerciés chaleureusement et on s'est séparés. Le premier jeune homme s'éloigna en regardant la photo qui venait d'être prise sur son iPhone. « T'as l'œil, la vie de ma mère. Je l'aurais jamais reconnu », lui lança son compagnon.

On s'est retrouvés mon agent et moi à la terrasse d'un café rue du Faubourg-Saint-Martin. Je lui ai raconté mon père, le Congo et la dépression. Il m'a dit : « T'es en deuil, mec, faut que tu partes. » Et ensuite, il m'a parlé des difficultés que lui-même traversait. Il galérait parce que nombre de ses clients étaient noirs et qu'il n'arrivait pas à leur décrocher des rôles au cinéma ou au théâtre. Il n'y avait rien pour eux, parce qu'on ne pensait pas à eux, ou, si c'était le cas, seulement par opportunisme. Et lui devait faire comme si ce n'était pas le cas, comme s'il y avait du travail pour tout le monde – ce qui était faux – et tout ça commençait sérieusement à lui prendre la tête.

Lui-même était blanc, comme la majorité de ses autres clients, et voyait bien qu'il y avait deux poids, deux mesures ; mais il ne voulait pas non plus que ses clients noirs virent paranos et voient du racisme partout, il n'y en avait pas derrière chaque refus d'un metteur en scène, d'un réalisateur ou d'un directeur de casting. Je lui ai demandé de me promettre de ne jamais me faire faire l'acteur ou l'actrice, alors il a ri en buvant son Coca Zéro. Il n'a plus rien dit et on est restés comme ça.

La température était parfaite. Il y avait un vent léger et le soleil ne frappait pas trop fort. Je sentais le cœur de la ville battre doucement et j'ai eu envie de pleurer. Le serveur est venu nous demander de payer, il quittait son service. Mon agent voulait régler mais j'ai insisté parce que c'était moi qui l'avais invité. Il s'est mis à rire : « Malgré tout ce que je t'ai dit, je suis toujours plus riche que toi. » Quand je l'ai questionné sur ce qu'on allait devenir, il n'a rien répondu. J'ignorais s'il m'avait entendu ou si tout bonnement il ne savait pas lui-même. Il a réclamé un autre Coca au nouveau serveur, lequel est venu me serrer la main. « Et vous, qu'est-ce que je vous offre ? » Je lui ai dit que ça allait, que je ne voulais plus rien, mais il a répondu que s'il souhaitait nous offrir les boissons, c'était d'abord et surtout pour l'amour de la France et de la poésie. Mon agent a ri encore et, moi, j'ai dit que si c'était pour la patrie, alors j'étais obligé de me sacrifier. J'ai commandé un Perrier rondelle.

Mon agent se demandait si j'avais réfléchi à la proposition de son ami éditeur d'écrire un roman. Je lui ai avoué que j'y pensais de plus en plus souvent, et que j'écrivais même déjà dans ma tête, mais que, concrètement, je ne savais pas par quel bout commencer.

J'aurais bien ajouté que j'étais plus frustré que lui encore mais il le savait déjà, alors ça ne servait à rien. Cela ne changeait rien. De toute façon, on est tous plus ou moins frustrés et porter toute la frustration d'un peuple ne me rendait pas plus légitime au vu de notre insignifiance à tous face à l'immensité de l'univers. Je le pensais vraiment et j'aurais aimé lui dire que le déracinement, les traumatismes familiaux, la crise identitaire, le racisme, la pauvreté, la rue, la drogue, la misère sexuelle, la violence et toutes les autres injustices inhérentes au paganisme généré par l'adoration de ce faux dieu qu'est l'Histoire, n'avaient aucune importance. Parce que des superstitions avaient depuis longtemps pris la place des principes qui avaient perdu leur signification profonde et se survivaient à eux-mêmes, dans une réalité tout extérieure, sans aucune consistance.

En somme, aujourd'hui, on appelait vérités des mensonges permanents. Et pour vivre, disons pour survivre, il nous était demandé à tous une seule chose : maintenir le statu quo. Jouer le jeu ou être projeté dans le no man's land des puissances virtuelles et connectées du siècle nouveau.

Le soir même, mon agent m'a rappelé. « Écoute, j'ai réfléchi à notre discussion. Tu devrais partir aux États-Unis. — Aux États-Unis ? Mais pour quoi faire ? — Justement, rien, faire le deuil, enfin vivre et écrire, écrire sur tout ça, quoi. Il y a Emmanuel Demarcy-Mota qui va bientôt débarquer avec sa troupe du Théâtre de la Ville et présenter au BAM *L'État de siège* de Camus. Je voulais te le présenter depuis longtemps. Il va te plaire. Et puis, sa pièce, ça va être un sacré événement. Et en ce moment, t'as Binoche qui y joue Antigone. Tu pourrais aller la voir et puis traîner. Hamilton se joue encore à Broadway, je crois, ça va t'inspirer. Je payerai pour tout, t'inquiète. T'es jamais allé à New York, cette ville elle inspire tout le monde.

Je suis certain que t'as un roman dans les tripes. Tu vas revenir avec un best-seller. J'achèterai les droits cinéma ; toi, tu réaliseras et tu feras la B.O. avec Rita, on donnera le rôle principal à un Noir et personne n'y verra rien à redire pour une fois. Le film va cartonner, la B.O. sera un classique et tout le monde sera content. Et puis le statut d'icône se justifie toujours par un passage à New York, même éclair… T'y couperas pas. Ces histoires de couleur de peau, ça me soûle. Il faut que tu meures à toi-même, mec ! Et que tu ressuscites, comme le Christ… Tu vois, je suis un poète, moi aussi ! »

C'était n'importe quoi, alors je me suis dit pourquoi pas.

II

De la démocratie en Amérique

Mon hôtel, en plein milieu de Times Square, offrait une vue imprenable sur un champ de buildings transparents, sur des toits en terrasse inaccessibles, sur des châteaux d'eau en bois et des cheminées carrées en métal qui crachaient une épaisse fumée blanche. Ma chambre donnait sur Broadway. La nuit était saturée de lumières multicolores – néons géants, panneaux d'affichage et écrans où tournaient en boucle des publicités ou des bandes-annonces. La foule des touristes, réduite à une forme serpentine, ondulait en direction des théâtres, des cinémas, des restaurants et des magasins. Allongé sur mon lit XXL, je regardais cet écran virtuel en même temps que celui de la télévision allumé sur les informations où l'on commentait le discours du président Macron, donné le matin même devant la Maison Blanche. Ce dernier avait voyagé vers les États-Unis en même temps que moi.

Je scrutais l'image figée sur les deux présidents – Macron et Trump qui se tenaient la main, tout sourires, et la levaient vers la foule. Les commentateurs parlaient d'amitié, de civilisation aussi, mais je n'ai pas tout compris à cause de la fatigue due au décalage horaire et au muscle de la langue étrangère, que je n'avais pas encore bien échauffé. Mais la petite voix dans ma tête, toujours indépendante, ne semblait pas être atteinte par la fatigue.

Les civilisations sont multiples et variées, chacune ayant évolué à sa manière en accord avec son génie propre, mais différence n'est pas antinomie, et il peut y avoir semblance entre des civilisations qui, à première vue, n'ont rien à voir les unes avec les autres, à partir du moment où celles-ci tiennent sur de pareils principes fondamentaux. Bref, elles ne peuvent s'opposer essentiellement et, s'il y a différences, celles-ci ne peuvent être que minimes et toutes extérieures.

Je me suis dit ça, et aussi qu'une civilisation qui érige le mensonge au rang de principe fonde sa réalité sur la négation des principes mêmes et se montre, de fait, incapable d'entente véritable que ce soit avec les autres ou avec le peuple qui la constitue, car cette entente ne peut se faire que par le haut, par l'intermédiaire de principes supérieurs, en quelque sorte. Ce qui clairement ne peut exister dans une civilisation où le mensonge et la dissimulation sont les fers de lance. Mais il faut nuancer. Parce que ce dont on parle se passe d'abord dans la tête, dans la mienne. C'est une opposition, ou une amitié, entre deux esprits, bien plus qu'une discordance, ou une harmonie, entre deux entités géographiques. C'est une situation de fait, et c'est d'autant plus vrai à l'heure géopolitique des réseaux sociaux, du village monde, et à l'ère poético-économique du hip-hop et du spleen du Tout-Monde.

Les lumières publicitaires ont commencé à s'éteindre pour laisser place à la lumière du jour qui s'infiltrait dans l'aube naissante. Je palpais des yeux une fatigue de plus en plus dense. La foule entamait sa mue dans cette grotte à ciel ouvert. Les tours, à intervalle mélodique, s'éteignaient de l'intérieur pendant que les bureaux, jusque-là vides, se remplissaient. Peu après, la masse des gens coulait de nouveau, avec une pression diurne, dans les artères géantes de la Grosse Pomme. Il était temps de dormir. J'avais un peu mal à la tête de ne pas avoir trouvé le sommeil. Je me suis levé et j'ai marché jusqu'à la grande salle de bains pour prendre une douche. J'ai fait la prière de l'aube sur une grande serviette blanche. Et puis j'ai rallumé la télé et, dans une retransmission d'extraits de sa conférence de presse avec Macron, j'ai entendu Trump parler de Lafayette, de Washington, de la Première Guerre mondiale, d'Arnaud Beltrame, de Daech, de la Syrie et des armes chimiques, et lorsqu'il a parlé de justice, de frontière, de souveraineté et d'immigration illégale, je l'ai perdu parce que je n'ai pu m'empêcher de penser à Trayvon Martin et aux Indiens d'Amérique. Avant de m'endormir aussi sec.

Je suis resté toute la matinée dans ma chambre d'hôtel et j'ai beaucoup écrit. Rita m'a appelé. Elle a voulu savoir si j'étais inspiré et si ça me ferait plaisir de la voir me rejoindre. J'ai dit : « Oui bien sûr. » Elle m'a demandé si je l'aimais vraiment. « C'est quoi cette question ? » Elle ne m'a pas dit « Je t'aime » comme d'habitude lorsqu'elle a raccroché.

J'ai noirci une dizaine de pages sans m'interrompre. Et puis j'ai quitté la chambre après avoir écouté à fond « The Story of O.J. » puis « U Don't Know » pendant que je m'habillais. En sortant, la jeune femme de chambre noire qui passait l'aspirateur dans le couloir m'a lancé : « C'est vous qui écoutiez Jay-Z ? » J'ai acquiescé ; alors elle m'a fait un sourire et un clin d'œil comme si nous étions liés, elle et moi, par un lien mystérieux. J'en ai parlé plus tard à Rita. Elle m'a dit que c'était normal, parce que cette femme de chambre, sans doute originaire d'un *project*, sachant que je n'étais pas américain moi-même, et pourtant me voyant m'encanailler sur les textes frimeurs et la musique jazz soul déstructurée du rappeur chéri de la génération Obama lui donnait la sensation fière de l'existence effective d'une sorte d'internationale noire.

Je suis sorti de l'hôtel avec mon cousin Franck, contacté *via* WhatsApp dès mon arrivée dans cette ville où je ne connaissais personne. Je m'étais souvenu de sa promesse aux funérailles de mon père, de me faire une visite « transversale » (c'est l'adjectif qu'il avait employé) de la Grosse Pomme si un jour je venais à New York. Nous avons marché sous le soleil bas et bruyant – qui se reflétait sur toutes les vitrines des magasins ouverts – de ce dimanche d'Amérique aux allures de jour ouvrable européen.

J'étais là à vivre une réalité déjà vécue. Prenant conscience que la fiction n'était pas moins pertinente que le réel ou que « la réalité n'est qu'une fiction fabriquée par des opportunistes », comme le martela Franck quand je lui exposai mon sentiment. Je voulus retirer de l'argent liquide au guichet, mais mon cousin m'expliqua que cela ne servait à rien, que payer par carte bancaire était plus pratique et moins risqué. Un taxi est passé devant nous et Franck m'a dit : « Viens. De toute façon, c'est moi qui invite. » Et on a sauté dans la voiture qui nous a conduits à Brooklyn.

J'étais étourdi par l'urbanisme de fer, de pierre et de verre et le gigantisme décousu. Je n'entendais plus que des percussions synthétiques et n'éprouvais que de bas instincts. Cette ville, finalement plus sauvage que celle où nous venions d'enterrer notre père, me donnait des haut-le-cœur. Et gavé que j'étais de lumières, de couleurs, de formes et de vitesse, je fermais les yeux pour retrouver un semblant de sérénité. Je n'osais même plus regarder l'écran tactile, en boucle sur une chaîne d'informations et de téléachat, qui nous séparait, Franck et moi, du chauffeur de taxi haïtien, tremblotant que j'étais, hanté à présent par l'angoisse de vomir dans le véhicule.

J'avais la tête encore en feu lorsque nous sommes entrés au Brooklyn Diner. Des familles noires entières en habit du dimanche, qui sortaient tout juste de la messe, remplissaient les trois quarts du restaurant. Nous avons mangé des club-sandwichs au thon et bu des milk-shakes géants. Franck aimait voir ces gens déjeuner ici le dimanche, parce qu'ils connectaient son imaginaire à un passé qui n'était pas le sien, mais qu'il comprenait dans sa chair, au sens propre et figuré. « Tu vois ce que je veux dire ? » Je lui ai dit que oui et que j'étais obligé. J'ai regardé mon peuple manger des travers de porc et j'ai bu une *root beer* dans un grand mug transparent. Une fois rentré à l'hôtel, j'ai dormi un peu. En me réveillant, j'ai eu envie d'écrire un truc mais sans succès.

Il était encore tôt alors je suis ressorti. Partout, les médias et les réseaux sociaux annonçaient la libération de Meek Mill, injustement mis en prison, et devenu en quelques mois, sous l'impulsion du mouvement Black

Lives Matter et de la prise de conscience, toute neuve en la matière, d'acteurs majeurs de la communauté hip-hop, le symbole de la défaillance systémique de la justice nord-américaine envers les Noirs de ce pays. Casque sur les oreilles, j'ai mis mon iPhone en mode *repeat* sur « Two Wrongs », un titre du rappeur de Philadelphie, pour célébrer sa liberté à ma manière.

Je l'ai écouté sans discontinuer en marchant au hasard jusqu'à Harlem. Tout ce qui avait une vitre miroitait le ciel azuré. J'avais du bleu à l'âme à cause des paroles de la chanson qui illustraient parfaitement ce que Franck avait voulu me faire ressentir en m'emmenant à Brooklyn. Et aucun livre de Toni Morrison n'aurait pu me convaincre aussi puissamment de la légitimité de l'âme noire à symboliser l'individualité de l'« Autre », à magnifier l'altérité comme composante nécessaire de nous-mêmes, en tant qu'êtres humains. J'étais triste que ce ne soit pas une évidence pour tous. Notre couleur comme notre corps nous constituent certes mais ne sont que des éléments parmi de nombreux autres qui composent notre identité. En somme, ce ne sont que des figurations en nous du monde sensible. J'étais content, aussi, parce que j'allais pouvoir transformer ce ressenti en écrit, et je suis rentré.

Dans le grand hall, je suis tombé nez à nez avec Ruth Mackenzie. Mon agent m'avait prévenu, j'allais certainement croiser du beau monde à l'hôtel, parce que certains de ses propres clients et ceux de ses confrères parmi les plus en vue étaient des habitués. L'ami très cher dont je parlais au début de mon récit m'avait présenté Ruth, un an plus tôt. Cette femme était, à elle seule, l'incarnation harmonieuse de la fusion entre l'art lyrique, le punk et le grime. L'esprit anglo-saxon à son meilleur, une Emmeline Pankhurst 2.0 qui aurait fait la synthèse de Shakespeare et de Steve McQueen, de sir George Benjamin et de Lin-Manuel Miranda, puis aurait donné à entendre, aux yeux de tous, ces rencontres inédites sur une scène de théâtre où tous les arts s'originent.

Quand je l'ai croisée dans le hall, Ruth était en train de parler au téléphone mais elle m'a tout de même fait la bise et signe de patienter. « Il ne faut pas confondre racisme et racialisation », disait-elle, en français, à son interlocuteur à l'autre bout du fil. Quand elle a raccroché, elle m'a souri. Je l'imaginais en ébullition dans sa tête, en train de fomenter la prochaine sédition culturelle. Je lui ai dit que j'étais à New York pour écrire, mais que je ne savais pas si j'allais pouvoir encaisser le dépaysement. Alors en me frappant doucement l'épaule, elle m'a répondu, toujours dans son français à l'accent britannique prononcé et d'une voix enrouée : « Dans l'art comme dans la vie, les frontières n'ont aucun sens, sauf pour signifier un lieu d'accueil. » Elle est partie sans transition. Alors que je me tenais devant les ascenseurs est sorti un type avec qui j'avais discuté au petit déjeuner. Il était accompagné, ce matin-là, d'une femme blanche extravagante mais splendide ainsi que d'une jeune métisse haute en couleur et splendide, elle aussi. Autant dire qu'il ne discriminait pas en matière de séduction. Je lui avais demandé ce qu'il faisait dans la vie et il m'avait répondu : « Rappeur, acteur, scénariste et metteur en scène, artiste quoi. » Il semblait m'apprécier et m'attendit chaque matin suivant dans le restaurant de l'hôtel. Il parlait beaucoup et comme j'aime écouter, cela ne me dérangeait pas. Rufus Alexander était un Noir à la peau très sombre, originaire de Chicago, et toujours vêtu à la manière de Dapper Dan, l'illustre (pour tous ceux comme moi – même à distance – qui ont été témoins de l'âge d'or de la scène hip-hop new-yorkaise des années 1980) tailleur de Harlem. Il me dirait, un autre matin, me voyant saluer Ruth : « Elle, elle s'y connaît en artistes ! »

Nous allions nous quitter devant les ascenseurs lorsqu'il m'a proposé : « Viens dîner avec nous. C'est mon anniversaire. » J'ai pensé que, maintenant que mes écrits prenaient forme, je pourrais m'y remettre plus tard, alors j'ai souri : « D'accord… »

Pour son anniversaire, son meilleur ami, qui s'était désisté au dernier moment pour des raisons professionnelles, lui avait fait la surprise d'un dîner au Bilboquet, un restaurant où les réservations se font des mois à l'avance. À table, je regardai brièvement la jeune femme qui n'avait pas encore ouvert la bouche, hormis pour me saluer. Elle détourna les yeux en même temps que moi. Elle était vêtue avec pudeur, contrairement à celles qui accompagnaient mon nouveau camarade la fois précédente. Ils avaient l'air de ne pas se connaître, alors je lui ai demandé si elle aussi venait de Chicago. Dans un anglais à l'accent français que je n'avais pas remarqué jusque-là, elle m'apprit qu'elle était originaire d'Avignon. « Je suis ici depuis trois ans et je suis les cours d'art dramatique de Susan Batson avec Rufus. » Son père était originaire de Côte d'Ivoire et sa mère du Viêtnam. Elle avait une sœur aînée qui travaillait dans les assurances à Paris et elle, du haut de ses vingt-trois ans, pensait comme Rufus qu'à part l'art rien n'avait d'importance. Il m'a demandé : « T'es d'accord avec nous je suppose ? » J'ai répondu oui, même si ce n'était pas totalement vrai. Alors il a insisté pour que j'assiste au cours de Susan Batson, ce qui changerait ma vie ou au moins confirmerait à jamais ma vision positive de l'art. La Française a insisté elle aussi. J'ai marmonné : « Pourquoi pas », et ils ont eu l'air satisfaits. Ils ont bu tous les deux beaucoup de vin, et Rufus m'a vraiment parlé de lui. « Je viens des cités de Chicago… en fait, on peut même dire que je suis un rescapé. »

Rufus était un rappeur plutôt célèbre dans le milieu, et une véritable star dans sa région, mais la vie qu'il avait menée jusque-là n'était pas des plus simple : drogue, rivalité entre rappeurs appartenant à différents gangs et relations familiales toxiques. Il a précisé que, depuis deux mois, c'était du passé. Je n'ai rien contesté ; pourtant il a immédiatement cru bon d'ajouter qu'il fallait que je le croie, que son déménagement à New York était une bénédiction, qu'il était maintenant loin des problèmes, que l'atmosphère à New York était plus saine qu'à Chicago où il avait des ennemis à chaque coin de rue, qu'il aimait vivre ici, que cette ville non seulement l'inspirait mais le rendait meilleur et lui faisait voir les choses en grand. C'était acté, pour lui il ne pouvait être que le prochain Tupac Shakur.

« Pour tout te dire, il a continué, un type est mort là-bas et sa mère a dit à la police que c'était moi juste parce que je m'étais un peu lâché sur Instagram. Résultat des courses : ses potes ont promis ma tête à sa daronne… » D'après Rufus, ce n'était qu'une tempête dans un verre d'eau. La mère du jeune homme décédé avait fini par mourir à son tour, de mort naturelle, il a précisé, et tous les esprits s'étaient semble-t-il calmés. « Plus personne parle de cette histoire à Chicago, et moi, je suis un autre homme, un artiste. J'ai dit à Susan : "Je serai tellement dur au travail que je serai le meilleur élève que vous ayez jamais eu." J'ai pas menti, j'ai été pris pour une pièce très attendue qui va se jouer dans quelques mois à Broadway. Et je me suis découvert une nouvelle passion : l'art contemporain. J'ai acheté récemment des tableaux et je dors littéralement au MoMA. Demande-lui. » Il a donné un léger coup de coude à la Française qui maintenant était soûle. Elle a acquiescé d'un mouvement de tête, à moitié endormie. Il m'a aussi raconté qu'il aimait les femmes en général, mais que son truc à lui c'étaient les actrices, et que si je voulais, un jour, il demanderait à une de ses copines de se joindre à nous. Je lui ai dit que j'étais marié et que j'aimais ma femme, mais il m'a dit que c'était pas grave, que tout le monde pouvait se sentir seul. Je lui ai dit que je ne voyais pas les choses de cette manière, alors il a haussé les épaules et détourné le regard.

On a chanté « Happy Birthday to You », puis on a quitté Le Bilboquet. La Française a fini la nuit dans sa chambre et moi j'ai dormi comme un sac après m'être promis de me lever aux aurores et d'écrire jusqu'à ce que mort s'ensuive.

J'ai effectivement écrit toute la semaine. Quand j'ai recroisé Rufus, il m'a confié que la Française m'avait trouvé sympa, qu'elle m'avait tout de suite reconnu et que j'aurais dû le lui avouer que moi aussi j'étais dans le *game*, autrement dit que moi aussi j'avais réussi dans le rap et que j'avais de l'argent. Je suis allé au MoMA et au Met avec Franck, qui est d'une culture encyclopédique mais qui fait toujours comme si tout le monde était censé tout savoir. Je me suis promis de coucher noir sur blanc toutes les sagesses qu'il lâchait l'air de rien. Et hier, samedi, je me suis empressé de le faire. L'idée était d'une logique et d'une actualité implacables. Selon lui, toute la matière, qu'on voyait partout ici, et qu'on célébrait de toutes les manières possibles, était d'abord un état d'esprit qui consistait à donner la préséance aux choses de l'ordre matériel, et fatalement aux obsessions qui en découlaient, lesquelles portaient l'habit de la spéculation intellectuelle ou financière, de la sophistication artistique ou des contradictions patentes du rappeur nouveau riche. Mon cousin argumentait : « Ce qu'on appelle science, aujourd'hui, c'est juste l'étude, exclusive, du monde sensible et ces méthodes ne sont pertinentes que dans ce domaine seul. Et comme ces méthodes sont dites scientifiques en dehors de tout autre, c'est comme si l'on affirmait, de fait, que toute science qui ne se rapporte pas aux choses matérielles ne peut pas en être une. Tu me suis ? » Je le suivais.

En taxi, nous sommes allés au Village, dans un *barber shop* où il avait ses habitudes. Dans un sous-sol de près de cinq cents mètres carrés, on entendait bourdonner une nuée de tondeuses habilement maniées par des coiffeurs noirs, blancs et latinos. L'endroit était climatisé comme partout à New York. Franck a continué de parler, même quand on lui coupait les cheveux. Son coiffeur, qui portait un collier de similipierres précieuses d'où pendait un énorme crucifix, nous a demandé quelle langue nous parlions. Il a souri en apprenant que c'était du français, et a dit, dans une courageuse tentative : « Emmanouèl Macrone, la leader du monde libreu. Il a pa planet B… Fuck that ! We'll make more money with him than with Trump. Your man is the future. I swear to God ! » Alors on a ri un long moment.

Une fois que nous avons été tous les deux coiffés, Franck a donné cent dollars de pourboire. Ce qui est beaucoup. Le coiffeur n'a plus cessé d'appeler sur mon cousin, avec insistance, les bénédictions du Christ jusqu'à ce qu'on remonte à la surface.

Dans un nouveau taxi, je lui ai demandé s'il pensait que, du point de vue religieux, la science dont on parlait plus tôt devait être considérée comme athée ou matérialiste. Alors que nous déjeunions ensemble dans le restaurant de l'hôtel, je lui fis remarquer qu'il n'avait toujours pas répondu à ma question. Il me dit alors d'un air affecté en posant la main droite sur sa poitrine et en levant l'autre au ciel, comme un mauvais acteur de théâtre : « Pourquoi ? Pourquoi toujours pourquoi ? » J'ai trouvé sa blague déplacée pour quelqu'un qui s'évertuait à vouloir tout expliquer. Lui aussi faut croire, puisqu'il toussota et prit un air piteux : « Euh, en fait, cette question a été souvent mal posée… C'est clair que cette science ne se positionne pas nettement comme athée ou matérialiste, elle se contente juste d'ignorer certains domaines mais sans les nier non plus. On peut dire, si l'on prend l'exemple de mon coiffeur, que la plupart des gens sont… disons… des adeptes d'une sorte de… matérialisme pratique. »

Allongé sur mon lit géant, la télé allumée sur un spectacle de Dave Chappelle diffusé sur Netflix, je ressassais ce « matérialisme pratique » évoqué par mon cousin. C'était chaud, tout de même, cette notion, parce que c'est profond et parce que tout le monde, ou presque, est comme ça. Une attitude philosophique peut être frivole, un truc totalement extérieur, il suffit de voir les philosophes français passer leur temps à la télé ou sur Twitter. En plus, plein de gens fuiraient face à une négation explicite, mais au contraire n'en ont rien à faire de l'indifférence, même la plus complète. C'était là que résidait le vrai danger, parce que pour contester une chose encore faut-il la considérer, même un tout petit peu, alors que là on en arrive à ne plus y penser du tout.

Si une science, en vrai, exclusivement matérielle est érigée comme la seule possible, et que tout le monde est éduqué, d'une manière ou d'une autre, à la reconnaître comme incontestable, comment avoir une connaissance valable hors de celle-là ? Et quand tout le système qui nous régit grave en nous, de différentes manières, la superstition de cette science, comment ne pas être tout entier tourné du côté de la matière ? C'était vertigineux.

Et quand Dave Chappelle, toujours à l'écran, a parlé de Nas et des gens originaires des *projects*, du fait qu'il avait trouvé pendant longtemps super cool de traîner avec eux alors que lui-même était issu d'un milieu privilégié, pas seulement parce que ça garantissait sa *street credibility* mais aussi parce que le quotidien de ces mecs de la rue lui semblait tout simplement plus intéressant que le sien, ça m'a fait penser à ma propre jeunesse délinquante dans la cité du Neuhof à Strasbourg. On pensait que rien n'existait, que rien n'avait de valeur réelle, hors de ce qui pouvait se voir et se toucher. Je me suis dit alors que les gens ne le savaient pas, mais qu'en vérité le monde entier est une cité HLM.

On a frappé à la porte de ma chambre. J'ai regardé dans l'œilleton. C'était Rita qu'à vrai dire je n'attendais plus. Elle portait un jean serré, retroussé sur des bottines marron, un long manteau bleu, ouvert sur un T-shirt blanc, et un collier fantaisie bleu lui aussi. Deux grosses boucles d'oreilles, en or, rondes, équilibraient son visage aux traits parfaits. Ses cheveux noirs coiffés en arrière finissaient en chignon. Elle portait un sac à main et tirait une petite valise à roulettes qu'elle envoya valdinguer dans la pièce lorsque je lui ouvris la porte et qu'elle plaqua ses lèvres contre les miennes.

Quand nous nous sommes réveillés, Rita était ailleurs. Je lui ai dit que je l'aimais et elle n'a alors plus cessé de parler. Je l'ai regardée prendre sa douche et se vêtir puis se dévêtir et en prendre une autre. On avait laissé la télé allumée sur une chaîne dédiée aux reportages animaliers. Il était encore tôt, Rita ne voulait plus sortir du lit et elle avait faim. J'ai décroché le téléphone et j'ai fait monter le petit déjeuner. Lorsque le garçon du room service a ouvert la porte de la chambre, j'ai vu Rufus traverser le couloir, le visage inquiet. J'ai raconté à Rita le dîner avec Rufus et son amie, et ça ne lui a pas plu. Ses cheveux maintenant détachés lui tombaient dans le dos et elle portait un peignoir de l'hôtel beaucoup trop grand pour elle. Quand elle a commencé à faire la tête, j'ai feint de la menacer d'une autre grande ablution si elle continuait, alors elle a ri. Elle m'a demandé, ensuite, si le mariage ne finissait pas par avoir raison de l'amour. Je ne le pensais pas, et si c'était vrai pour les autres, au bout de onze années de vie commune, moi, je l'aimais comme au premier jour. Elle a apprécié ma réponse je crois, pourtant je n'en suis pas sûr parce qu'elle a fait une blague dans la lancée. Mais en sortant de la salle de bains à mon tour, j'ai insisté sur le fait que je pensais vraiment ce que je lui avais dit sur l'amour que je lui portais, même si ça ne se voyait pas toujours. Elle n'a rien ajouté cette fois-ci mais s'est approchée doucement, a entouré de ses bras ma taille et m'a serré longuement en silence. C'est à ce moment qu'on a entendu le bruit froid des rafales d'une arme automatique.

Le hall de l'hôtel était rempli d'une foule compacte. La police empêchait les gens d'entrer ou de sortir. Et Rufus était dehors, entouré de flics new-yorkais. Il avait une attitude calme et élégante et répondait aux questions des policiers qu'on ne pouvait entendre d'où nous étions. Mais la foule autour de nous, elle, était audible. « Une camionnette blanche… » « Le monsieur au béret sortait de l'hôtel… C'est lui qu'était visé… Il est célèbre, non ? C'est un rappeur ou un truc dans le genre… » « Je n'avais jamais assisté à une fusillade… » « Vous vous rendez compte, en plein jour et à Manhattan… C'était peut-être des terroristes… » « Vous avez dit terroriste ? » a hurlé quelqu'un dans la foule. À ce moment-là, tout le monde s'est jeté à terre sauf quelques policiers, Rita, moi, et les gens hors de l'hôtel qui nous regardaient à travers les vitres sourdes sans comprendre ce qui se passait.

Rita m'a supplié de changer d'hôtel mais j'ai refusé, lui conseillant d'aller se promener, de se changer les idées. Après ça irait mieux. Elle a accepté et je suis retourné me coucher. À l'heure du déjeuner, on a de nouveau frappé à la porte. J'ai cru que c'était Rita, mais c'était Rufus. « J'te dérange pas ? » il a soupiré en entrant. Et comme il y avait des affaires de Rita un peu partout, il a souri et m'a lancé un clin d'œil complice. « T'as pas besoin de moi pour t'éclater, à ce que je vois. Ni même de ta femme… » Je n'ai rien répondu et je lui ai tendu une chaise. On est restés un long moment sans parler puis il m'a expliqué que les gars de Chicago l'avaient retrouvé et qu'ils avaient décidé d'en finir une bonne fois pour toutes avec lui. Pour quelqu'un qui voulait être le nouveau Tupac cela faisait sens, je lui ai dit. Mais il ne partageait plus vraiment cet avis et m'annonça qu'il allait s'offrir à plein temps les services d'un garde du corps avec lequel il avait parfois travaillé lorsqu'il vivait à Chicago. « Un type vraiment méchant », il m'a précisé. Finalement, d'après Rufus, tout ça n'avait rien de personnel. Dans « show business » il y avait le mot « show », on était en Amérique, il ne fallait pas toujours prendre les choses à la lettre et il fallait même se méfier des apparences. Tupac n'était pas un vrai gangster et lui-même, Rufus, voulait vraiment changer de vie quand il avait quitté Chicago, même si maintenant TMZ, le *New York Times* des ragots hollywoodiens, disait le contraire. Il se demandait avec tout ça si, au fond, il était possible d'échapper à « d'où l'on vient ». Il m'a demandé ce que j'en pensais. Je lui ai cité le rappeur Rakim, d'Éric B. and Rakim, parce que ce n'est jamais tant d'où l'on vient que d'où l'on est.

Rufus a eu l'air très satisfait de ma réponse et il m'a questionné sur la fille qui avait passé la nuit avec moi, mais je n'ai rien lâché. Je me suis levé et je lui ai demandé s'il avait faim. Il m'a répondu que non, qu'il m'aimait bien et qu'il fallait que je parte avec lui pour Washington. Ça ne me dérangeait pas, mais je pensais à Rita. Et puis, qu'y avait-il de spécial là-bas, à Washington, à part la maison d'où tweetait désormais Donald Trump ? C'est ce que je venais de lui dire sur le *God MC* Rakim qui avait donné à Rufus l'idée de ce voyage. Il fallait à l'évidence qu'il « dézone » comme il disait, et comme il s'était mis en tête de se rendre un jour au musée national de l'Histoire de la culture africaine-américaine qui avait ouvert ses portes à Washington depuis presque deux ans, c'était l'occasion rêvée. J'ai accepté à la condition d'emmener mon cousin Franck ; mais, avec le recul, le fait d'avoir pensé à lui et non pas à Rita pour cette expédition aurait dû me mettre la puce à l'oreille.

Nous avons dîné Rita et moi dans un restaurant italien à côté du Lincoln Center. Puis on s'est promenés main dans la main à travers la ville. Elle voulait aller au cinéma, mais je n'étais pas d'humeur à voir un film américain sans les sous-titres. On a continué à marcher sans rien se dire et j'ai pensé que j'étais un homme chanceux et heureux.

Pourtant, en approchant de l'hôtel, Rita a eu l'air agité. Et le temps qu'on entre dans le hall, elle était devenue blanche. Elle se frottait les mains nerveusement et regardait, comme perdue, autour d'elle. Quand je lui ai demandé ce qui se passait, elle a murmuré, marmonné des mots incompréhensibles avant de se taire. J'ai insisté et lui ai demandé ce qui n'allait pas, mais elle ne voulait même plus me regarder.

Une fois dans la chambre, elle est restée une éternité dans la salle de bains. Elle en est sortie soudain pour se planter devant moi : « J'ai voulu me changer les esprits comme tu me l'as suggéré cet après-midi et, pendant que je faisais quelques courses chez Gap, je suis tombé sur le rayon enfants. Un rayon ce qu'il y a de plus classique, avec rien de spécial. Mais je n'arrivais plus à quitter cet endroit. Bien sûr, nous n'avons pas d'enfant et je ne voulais pas particulièrement acheter des vêtements aux nièces et aux neveux, mais il m'était impossible de bouger. »

Je lui ai dit que c'était peut-être la musique, que maintenant, dans les magasins, ils diffusaient des sons qui incitaient à consommer. J'avais lu dans un journal que certains sons n'étaient audibles que par une certaine tranche d'âge et qu'on apprenait à les utiliser dans les écoles de marketing. Rita ne semblait pas convaincue. Elle secoua la tête plusieurs fois en répétant simplement : « Non, non, non… » Puis elle s'interrompit brusquement et me regarda droit dans les yeux : « Nous sommes mariés depuis onze ans, Kamil, et nous n'avons pas d'enfant. Nous n'avons même jamais évoqué le fait d'en avoir. Pas une seule fois nous en avons parlé. Pas une seule fois en onze longues années, tu t'en rends compte ? » Elle a continué à me regarder en silence et je suis resté muet. J'ai voulu la réconforter mais rien ne sortait. Alors elle a murmuré, d'une voix ferme : « Je te quitte, Kamil. » Elle s'est allongée à côté de moi en pleurs et en boule après m'avoir donné son dos. Le visage de mon père m'est apparu et je me suis endormi.

Arrivée à Paris Rita m'a appelé. Elle m'a avoué qu'elle ne m'avait rejoint à New York que pour m'annoncer notre séparation, mais que, maintenant, contrairement à ce qu'elle s'était imaginé, elle ne se sentait pas mieux. Je lui ai répondu que c'était normal, que c'était seulement parce qu'elle s'était habituée à moi, mais que ça allait passer. Elle a voulu savoir si j'allais continuer à l'aimer malgré tout. J'ai répondu qu'on était juridiquement encore mariés et que je saurais vraiment ce que je ressentais le jour où le divorce serait prononcé. « M'as-tu vraiment aimée un jour ? » m'a-t-elle interrogé. Je lui ai dit oui et qu'elle le savait. « Pourquoi tu ne me retiens pas alors ? » a-t-elle continué. C'était précisément parce que je l'aimais. Elle a ajouté que j'étais vraiment différent et que c'était vraiment pour ça qu'elle était tombée amoureuse de moi, mais qu'aujourd'hui elle n'en pouvait vraiment plus. J'ai pensé qu'il y avait beaucoup trop de « vraiment » dans le premier échange officiel avec ma désormais « ex-compagne » et que, de toute façon, il ne pouvait y avoir deux êtres absolument identiques, comme deux êtres totalement distincts, et donc que ce qu'elle me racontait là ne servait à rien, si ce n'était à donner du sens à une décision qu'elle était seule à prendre et finalement à vouloir.

Comme je ne disais rien, elle a évoqué le destin. Alors je me suis fait la réflexion que ce qu'elle appelait le destin n'existait pas réellement, que c'était, comme ce que les gens nomment le hasard, un enchevêtrement de toutes sortes de circonstances accidentelles qui nous font agir ou prendre des décisions prévisibles, si on sait lire entre les lignes. Rita, qui me parlait doucement d'un autre fuseau horaire, ignorait simplement, consciemment ou pas, les causes réelles qui l'avaient conduite à prendre la décision de me quitter ; elle blâmait seulement le destin pour donner du sens à ce qui n'en avait pas et pour réussir à dormir lorsqu'elle raccrocherait.

Cette rupture m'a coupé l'appétit, et je me suis couché en oubliant de dîner. J'y ai pensé toute la nuit. Cette suggestion qui avait dû tourner longtemps dans la tête de Rita avait fini par avoir raison de notre couple, non parce que nous le désirions ou parce que nous étions tous les deux des artistes évoluant dans cet environnement si particulier qu'est le show business, mais parce que notre monde dans sa globalité promeut des idées, ou plutôt des idées fausses, qui poussent à des réactions uniquement sentimentales. Ce qui, à bien des égards, est le moyen le plus facile pour manipuler les masses.

L'ironie de la situation était que Rita, qui avait passé ces cinq derniers mois sur les routes de France et d'Europe, en tournée, à chanter ses textes sublimes de poésie sur l'amour perdu, l'amour incompris ou l'amour impossible, avait fini, dans un curieux retournement, par être victime d'une sorte d'autosuggestion, autour de ces négations de l'esprit que les maisons de disques ont érigées en pseudo-chansons d'apprentissage sous les noms de pop, rock, rap ou RnB. C'était comme si l'hypnotiseur s'était hypnotisé lui-même.

Les jours qui ont suivi, les réveils furent difficiles, et je n'ai presque plus écrit. J'avais perdu le sommeil et l'appétit en même temps que Rita. Onze années de ma vie venaient de partir en fumée et je n'avais pas lutté pour maintenir mon couple. Je ne savais ni comment ni pourquoi j'en étais arrivé là.

Le vendredi n'a pas fait exception ; c'est Franck qui m'a réveillé. J'ai bu un simple jus d'orange malgré le copieux petit déjeuner commandé par mon cousin au restaurant de l'hôtel. Franck ne m'a pas parlé de Rita. Il m'a simplement dit, en même temps qu'il mangeait : « Tu en trouveras une autre », sans jamais prononcer son prénom. Il avait une coupe de cheveux dégradée, était rasé de près avec une moustache fine, soigneusement taillée. Il portait un petit diamant aux oreilles, un polo noir serré sur son corps sec et musclé, déboutonné sur un collier en or. Son jean noir slim finissait sur une paire de Jordan noir et rouge. Il ne cessait de répéter qu'il avait du style et son arrogance a fini par me faire rire.

On a fait appeler Rufus de la réception. Devant l'hôtel, un 4 × 4 aux vitres teintées noires clignotait. Sur la façade tout en verre et pierre du palace, on pouvait encore apercevoir des impacts de balles. Franck disait, en regardant les clients qui continuaient à entrer dans l'hôtel, malgré les traces visibles laissées par la fusillade, que dans le monde d'aujourd'hui aucune guerre ne pouvait avoir raison du business. Rufus est arrivé accompagné d'un garde du corps qui faisait deux têtes de plus que nous tous, avec la gueule et le physique d'un boxeur. Il portait des tennis et un jogging Adidas laiteux. Sur un crâne parfaitement lisse, un chapeau melon noir lui donnait des allures de Suge Knight à la grande époque du gangsta rap. Rufus arborait des lunettes fumées, un T-shirt et un pantalon blancs, un Teddy bleu ciel et des espadrilles à rayures bleues. À ma vue, il a tapé dans ses mains. Son sourire cachait mal son inquiétude quand il m'a pris dans ses bras. Puis il s'est tourné vers Franck en lui tendant la main : « Franck c'est ça ? », et avant même qu'il réponde, il a montré son garde du corps. « Lui, c'est Virgil ! »

Trois jours plus tôt, Rufus m'avait appris que ça l'ennuyait d'avoir besoin de protection rapprochée, mais qu'il était obligé, et il avait confiance en Virgil. En regardant son garde du corps ouvrir la porte du 4 × 4, j'ai pensé qu'il avait raison de se fier à lui. Washington n'était pas très loin en jet privé, mais nous avons décidé d'y aller en voiture. Rufus pensait qu'ainsi nous ferions davantage connaissance.

Nous n'étions pas encore partis que Virgil au volant pointait d'un doigt épais une camionnette banale de couleur verte garée derrière un stand de hot-dogs halal. « Les feds… » a-t-il dit d'une voix qui n'avait rien à voir avec son physique. D'après Rufus, les fédéraux prenaient cette histoire très au sérieux parce que les auteurs de la fusillade étaient toujours en fuite, et qu'évidemment il n'avait aucune intention de les balancer ou de collaborer d'une manière ou d'une autre avec la police. Il a ajouté que, de toute façon, ses assaillants étaient rentrés à Chicago et qu'ils n'avaient aucune intention de le tuer, qu'ils voulaient juste lui faire peur, mais sa voix ne semblait pas assurée, comme s'il parlait juste pour se convaincre lui-même.

Franck ne saisissait pas vraiment ce qui se passait. Je lui ai dit que le hip-hop, comme l'Amérique, n'était finalement qu'une conséquence de la violence et que ce qui arrivait à Rufus était normal. Il m'a répondu du tac au tac que bâtir des théories en partant des conséquences au lieu de partir des principes était tout à fait illusoire et que le hip-hop en Amérique n'était rien d'autre que le signe extérieur de la mentalité d'une époque. Rufus a éclaté de rire. On n'allait pas s'ennuyer avec mon cousin.

La camionnette verte n'a pas bougé après notre départ. Je la regardais rapetisser à mesure que nous nous éloignions. Rufus, qui semblait soulagé, se souvenait maintenant à haute voix de son enfance pauvre et chaotique à Chicago et de tout l'argent qu'il avait amassé rien qu'en écrivant des chansons. Visiblement, il cherchait à impressionner Franck, mais mon cousin ne faisait pas vraiment attention à lui et me jetait de temps en temps des regards qui en disaient long.

Nous sommes arrivés à Washington dans la soirée. Le musée n'était pas loin de l'hôtel. Mais nous nous sommes perdus et nous avons vu plusieurs fois la Maison Blanche de différents points de vue. Elle était d'une blancheur accrue par les lumières jaunes qui l'éclairaient et brillait dans la nuit comme une étoile froide tombée du ciel. Nous avons roulé dans la capitale fédérale, aussi morte qu'une petite ville de province, aux maisons fantômes. Du coin d'une rue, surgissait de temps à autre l'ombre d'un SDF insomniaque traînant un chariot comme un ectoplasme ses chaînes. À l'intérieur du véhicule silencieux, seul le bruit des clignotants formait la bande-son de cette balade nocturne. Soudain, sans savoir dans quelle direction, nous avons entendu un coup de feu au loin. Rufus s'est penché pour parler à l'oreille de Virgil. De la route à sens unique qui s'éloignait de l'axe principal, j'ai vu briller le nom de l'hôtel.

Le professionnalisme de Virgil m'impressionnait. Il n'était pas seulement prévenant envers son client officiel, mais tenait compte de chacun d'entre nous. Une fois à l'hôtel, qui baignait dans une mer d'épais buissons verts et dont la façade donnait directement sur l'entrée du musée, il nous fit tous enregistrer incognito, sous des alias.

Rufus fut accueilli par une jeune femme qu'il nous présenta comme sa petite amie, mais dont j'apprendrais plus tard qu'il s'agissait d'une escort transgenre de luxe qu'il fréquentait depuis longtemps. C'était une blonde de très grande taille, pas vraiment belle et à la poitrine plate. La première fois qu'elle était venue à DC, le musée n'existait pas, et elle était tout excitée de pouvoir le visiter enfin. Franck fit très sérieusement remarquer à Rufus, avec l'ironie que j'étais seul à percevoir, qu'il trouvait son amie jolie et qu'il était rare d'être très belle et très cultivée à la fois. Rufus embrassa la jeune femme d'une manière qui m'attendrit avant d'ajouter que c'était avec elle qu'il faisait la plupart de ses sorties culture, parce qu'elle était « sincèrement curieuse ». La femme se mit à rire et confirma : « C'est vrai que je suis curieuse ! » en me faisant un clin d'œil ouvertement aguicheur. J'ai eu envie de pleurer à ce moment précis. Je venais de comprendre pour la première fois que Rita m'avait vraiment quitté.

Le lendemain matin, la jeune femme blonde avait disparu. Personne ne posa de questions et Rufus ne s'est pas étendu. Au musée, Franck s'est jeté tout entier dans un commentaire fleuve sur les rappeurs, d'où personne n'allait pouvoir le repêcher, lorsqu'il a su que Jay-Z était l'un de ceux qui avaient financé le lieu : « S'agit-il d'apprendre ou de comprendre ? La mémoire ne remplace-t-elle pas finalement l'intelligence, dans la conception actuelle de l'éducation ?

Ne cherche-t-on pas plutôt à entasser des enseignements hétéroclites et partiels où la quantité prime la qualité ? C'est l'opinion de la majorité sur ce sujet, et sur tous les autres, qui est censée faire loi. Mais se rend-on compte seulement que l'opinion est la chose qu'on peut modifier et orienter le plus aisément du monde ? C'est Steve Stoute, l'ancien manager de Nas, qui l'a démontré à plusieurs reprises, notamment dans son odyssée personnelle en tant que B-boy, où il est passé de porteur de valises d'un groupe de rap pour enfants à multimillionnaire : on peut, sans trop forcer, littéralement fabriquer les opinions et les vendre comme des CD. Ce qui confirme ce que, au fond, chacun sait : ce ne sont pas ceux qui figurent sur la pochette du disque, sur la couverture du livre ou sur l'affiche du film qui détiennent le pouvoir réel. L'irresponsabilité, même subtile, des idoles du rap actuel est devenue un ingrédient comme un autre dans la fabrique de l'opinion censée déboucher sur l'acte d'achat. Et Kanye West déclarant avec nonchalance que "l'esclavage a été un choix" à peine deux semaines avant le lancement commercial de son album, sobrement intitulé *YE / I hate being Bi-Polar it's awesome*, illustre parfaitement que cette irresponsabilité même offre, à moindres frais, un coup publicitaire à la caisse de résonance sans limites et sans répercussion sur l'intégrité de son personnage public (l'instabilité mentale étant une excuse valable en soi), et surtout sans conséquence sur les ventes de sa musique, au passage, plutôt géniale. Comme si la figure de Louis-Ferdinand Céline était devenue au XXIe siècle, pour les artistes phares de la culture pop, supposés conscients et subversifs, le modèle marketing par excellence. Les rappeurs, métaphore des citoyens des sociétés laïques et démocratiques, devenus ainsi les représentants officieux de la majorité, les politiciens connectés d'un monde mondialisé, sont, comme cette majorité, la plupart du temps constitués d'incompétents (la responsabilité étant pour le rappeur artiste une compétence, et vice versa) bien plus nombreux que les artistes capables de s'exprimer en parfaite connaissance de cause. »

En outre, Franck a parlé de l'esclavagisme et du colonialisme d'où découlait le monde d'aujourd'hui dans sa globalité, du cynisme et du capitalisme de l'horreur, de la différence entre l'histoire et la mémoire, de la volonté coupable de la minimisation de faits historiques. Il fallait descendre dans les soubassements de l'Histoire et faire entendre le chant polyphonique de l'ensemble des voix contre l'esclavage, et pas seulement celui des intellectuels blancs, il fallait dire non sur ce parcours méditatif et parler de tous et à tous.

Franck a fait un mouvement de balance avec ses mains, paumes tournées vers le ciel, en disant qu'il fallait tenir compte du poids des Nations, précisant que tout était connecté et que la mondialisation, en réalité, avait débuté précisément avec l'esclavagisme. D'ailleurs, ce musée que nous étions en train de traverser était un formidable outil de construction citoyenne, mais il était curieux de voir son impact réel sur la jeunesse d'aujourd'hui une fois qu'elle serait devenue adulte. Et puis il a évoqué Albert Camus, les notions de liberté et de justice, l'importance du symbole, pour demander enfin : « Qui donne le savoir ? Qui est-ce qui raconte l'histoire ? »

Dans un ultime élan d'ivresse conceptuelle, il a encensé Édouard Glissant, insistant sur le fait que c'était la relation qu'on devait mettre au centre de nos réflexions et non la généalogie, qu'il fallait travailler les imaginaires, l'imaginaire de la relation et, pour ce faire, l'action des élites culturelles était vitale. Les rappeurs n'avaient pas compris que c'était ce que voulait dire Jonathan Franzen lorsqu'il écrivait : « Les rappeurs sont les Baudelaire d'aujourd'hui. » Franck, en sueur et les yeux injectés de sang, nous regarda longuement Rufus et moi, en silence, puis lâcha : « Peut-être que c'est déjà fini et c'est juste qu'on ne le sait pas encore. » Désormais habitué au mode de réflexion de Franck, je tournai alors mon regard vers Rufus, curieux de voir sa réaction. Le rappeur de Chicago n'avait, semble-t-il, pas suivi un mot du raisonnement de mon cousin. Depuis le début de la visite, il était visiblement ailleurs, de plus en plus préoccupé, son regard me faisait de la peine. J'aurais voulu le prendre dans mes bras pour le réconforter mais c'était ridicule car, au fond, c'était moi qui venais de me faire abandonner par le seul être que j'avais jamais vraiment aimé. Il continua néanmoins à regarder Franck sans le voir en plus de ne pas l'entendre. Je compris à ce moment-là que Rufus se sentait totalement perdu et seul au monde. Et le monologue de Franck le plongeait davantage dans l'obscurité d'où il semblait ne plus pouvoir ni même ne plus vouloir sortir. Je lui dis que ce n'était pas grave, que je pouvais l'aider. Que le destin nous avait fait nous rencontrer pour une bonne raison. Mais il coupa le fil de mon exhortation en nous demandant si, comme lui, nous n'étions pas en train de mourir de faim.

On s'est installés pour déjeuner dans un restaurant du centre-ville. La salade n'avait pas de goût, je n'ai pu avaler que le poisson. Les énormes steaks avec frites et sauce commandés par mes amis me dégoûtaient. Franck buvait du Coca et Rufus, désormais muet et inexpressif, de la bière. Après un long moment à regarder le fond de son verre, Rufus a levé brusquement la tête pour nous dire, la larme à l'œil, qu'il aurait rêvé appartenir à notre famille. Je lui ai avoué que Franck et moi venions à peine de faire connaissance, mais il ne m'a pas cru. Et Virgil qui était assis seul à une table à proximité a éclaté de rire. C'était la première fois que je le voyais s'intéresser à autre chose qu'à notre sécurité. À aucun moment Rufus n'avait parlé de l'exposition que nous venions de voir à sa demande expresse, et il nous a encouragés à visiter la ville sans lui, sa petite amie étant censée le rejoindre dans sa chambre. En outre, il avait trop bu et souhaitait faire une sieste. Nous l'avons déposé à l'hôtel et sommes partis avec Virgil.

Le ciel était bas et malgré la chaleur le soleil absent. Les rues étaient pleines de monde. Des voitures filtraient les vibrations lourdes de basse synthétique de trap music. Virgil naviguait difficilement dans le trafic. Alors que nous longions un parc, Franck a demandé au garde du corps de nous laisser là. « Nous prendrons un taxi pour rentrer à l'hôtel. Et marcher nous fera digérer ! » Mais Virgil a précisé que Rufus avait insisté pour qu'il ne nous quitte sous aucun prétexte. J'avais beau lui dire que ce n'était pas nous qui étions en danger, il n'a rien voulu savoir. Il s'est alors garé et nous nous sommes promenés tous les trois dans le parc.

Nous avons marché sans rien dire sous un impressionnant défilé d'arbres massifs. J'avais les yeux fixés au ciel, tout étonné de ne ressentir que l'intensité de ce soleil invisible.

On a marché longtemps, je crois.

Je ne me rappelle plus quand nous avons repris la voiture. Je me souviens seulement que Virgil a freiné en plein milieu de la route sans raison apparente et j'ai reconnu, malgré la distance, la camionnette verte de New York. Je me suis approché de l'oreille de Virgil. « C'étaient pas les fédéraux, hein ? » Il a secoué les épaules et accéléré, pour en avoir le cœur net sans doute. Franck m'a interrogé avec de grands yeux et j'ai bouclé ma ceinture de sécurité. Virgil m'a dit : « Si c'est les fédéraux ils ne nous feront rien. » J'ai répondu : « OK », sans savoir pourquoi.

La ligne d'horizon était trouble et j'ai eu envie de dormir. Je réagissais toujours comme ça lorsque j'avais très peur. Nous étions maintenant tout près de la camionnette. Et le sommeil continuait à grignoter ma conscience. Quand nous sommes arrivés à sa hauteur, le véhicule a brusquement tourné à gauche. Virgil, surpris, a dû faire une manœuvre rapide et risquée pour s'engager sur la même voie. La camionnette a continué à accélérer, et Virgil aussi. Franck a attaché à son tour sa ceinture puis a demandé, d'une voix faible, si cette course-poursuite était nécessaire. Virgil a répondu quelque chose que j'ai mal entendu, mais qui, semble-t-il, a calmé Franck.

La camionnette roulait dangereusement et, tandis que ma peur et mon envie de dormir augmentaient, je me suis demandé quand la police, la vraie, allait intervenir. Virgil, très concentré, restait collé à la poignée de voitures qui nous séparaient de la camionnette. Il s'est tourné vers Franck, l'air content : « Qu'est-ce que je vous avais dit… ? », en référence sans doute aux paroles que j'avais mal entendues, quand je lui ai hurlé à mon tour, alors qu'il avait le visage toujours tourné vers Franck : « La camionnette a disparu ! » Virgil a regardé, dépité, à gauche et à droite. Quand Franck a décidé qu'il fallait rentrer à l'hôtel, personne ne s'y est opposé.

Rufus est venu frapper à la porte de ma chambre. Il avait le visage de la mort et l'œil froissé. Ils étaient allés, Virgil et lui, signaler la mystérieuse camionnette verte et ça ne lui plaisait pas du tout d'avoir dû parler à la police. Mais Virgil lui avait un peu forcé la main, grommela-t-il. Maintenant il voulait se détendre dans un strip-club et m'a demandé de l'accompagner. J'ai fait un pas en arrière. Il a vu rouge et m'a insulté en claquant la porte.

Nous nous sommes tus durant tout le trajet avec pour seule compagnie la voix féminine du GPS qui indiquait le chemin du club de strip-tease. Le voile avait encore épaissi autour du soleil, et ce qui restait de lumière se reflétait sur le visage sombre de Rufus. Arrivés dans une sorte de zone industrielle déserte, nous nous sommes engagés sur le parking du club. Et c'est pendant que Rufus manœuvrait pour garer son gros véhicule que la camionnette verte a réapparu. Elle s'est placée juste en face de nous, sans éteindre son moteur. À cause d'un incompréhensible contre-jour, compte tenu de l'absence de soleil, je n'arrivais à voir ni le conducteur du véhicule ni même s'il était accompagné. Le GPS ne cessait de répéter : « Vous êtes arrivés à votre destination… », alors que Rufus regardait en face de lui, interdit.

Le ciel ne s'était toujours pas décidé à libérer le soleil et nous étions tous les deux comme hypnotisés par la voix lascive du GPS. Soudain, d'un mouvement rapide et discret, Rufus a ouvert la boîte à gants, et j'ai vu le noir compact d'un pistolet automatique. « C'est à Virgil », a murmuré Rufus. J'ai pensé que j'étais venu dans ce pays pour essayer d'écrire un livre sur l'art et que je me retrouvais célibataire, à l'entrée d'une boîte de strip-tease, aux côtés d'un rappeur fan de Tupac et accro au sexe, qui s'apprêtait à faire feu sur tout ce qui bougeait. Comment avais-je bien pu me retrouver projeté dans ce film noir américain, alors que je foulais cette contrée pour la première fois de ma vie ? À cause de l'arme à feu, je me suis dit qu'il était étrange qu'on parle tant de sociétés pacifiées alors qu'on vivait une époque où la violence et les conflits faisaient plus de ravage que jamais un peu partout. Quand Rufus s'est exclamé : « J'vais fumer ces enculés ! », je me suis dit que toutes ces guerres qui incendiaient notre planète, au lieu de se passer entre armées constituées de militaires de métier, s'abattaient sur tous les individus sans distinctions, alors que la plupart, tout comme moi, n'avaient strictement rien demandé au fond.

Le ciel s'était mis à descendre sur nous dans un mouvement lent et continu, et j'avais le sentiment qu'il allait bientôt peser lourd sur nos épaules. Le soleil ne voulait toujours pas apparaître et ma vie semblait prendre une direction qu'ignorait l'espoir. Je sentais ma poitrine se dilater de douleur et mon souffle vital se recroqueviller dans mon estomac. J'avais mal, mais je ne pouvais localiser ma douleur ailleurs que dans l'absence de soleil. D'autres voitures arrivaient dans le parking puis des bandes d'amis, des couples ou des personnes seules qui se jetaient insouciants sur la porte d'entrée du club sans jamais regarder en arrière. Je voulais embrasser cette insouciance, retourner à Paris, retrouver Rita et lui faire un enfant. Je voulais déchirer ces voiles qui empêchaient le soleil de me prendre dans ses bras. Mais quand j'ai cru saisir l'espoir qui semblait poindre de nouveau, j'ai vu les portières de la camionnette s'ouvrir, deux hommes armés surgir devant nous et faire feu.

III

La veuve

Deux jours après la fusillade, Rita est venue constater mon décès. Elle ne ferait rapatrier mon corps à Strasbourg qu'une semaine plus tard. À Washington, ma disparition n'intéressait personne. Mais vingt-quatre heures après, alors que Rita courait encore les procédures – à cause de Rufus et de son statut de roi underground du rap –, je devins en quelques *like* la tendance la plus haute sur les réseaux sociaux du monde entier. Mon nom était désormais associé pour l'éternité à celui de Rufus, comme Verlaine à celui de Rimbaud. Certains allaient même faire de moi une figure martyre de la mondialisation, me comparant à Pávlos Fýssas, le rappeur antifasciste grec assassiné dans la banlieue d'Athènes par un militant du parti d'extrême droite Aube dorée.

Au départ, en France, une petite poignée d'internautes s'étaient fait l'écho d'une rumeur que tout le monde pensait fausse. Kamil, le plus esthète des rappeurs français conscients, ne pouvait pas avoir été assassiné dans le parking d'un club de strip-tease avec Rufus Alexander, l'un des rappeurs américains les plus sulfureux et controversés du moment. Si MC Solaar s'était fait cribler de balles aux côtés de Tupac Shakur ou de Biggie Smalls au milieu des années 1990, au pic du conflit East Coast/West Coast, l'affaire aurait été, et de loin, bien plus crédible.

Sur les conseils de mon agent, Rita et Franck rencontrèrent Emmanuel Demarcy-Mota à New York où sa troupe du Théâtre de la Ville présentait *L'État de siège*. Toujours selon mon agent, si Rita et Franck le lui demandaient, il faciliterait le rapatriement de mes affaires, car Demarcy-Mota avait dit dans la presse qu'il suivait depuis longtemps avec curiosité et admiration mon parcours « poétiquement atypique ».

Les démarches, en effet, allaient s'avérer ardues puisque j'avais été victime d'un homicide. Le metteur en scène fut charmant et usa de toute son influence – et il en avait – afin que les dernières formalités soient faites avec diligence et sans complication. Demarcy-Mota était un type longiligne, aux épaules larges et au dos légèrement voûté, avec une intelligence profonde et un esprit vif et généreux. Il reçut Rita et Franck dans un petit bureau en travaux de l'ambassade française et les mit immédiatement à l'aise, ce qui était un exploit concernant Rita qui n'avait en temps normal confiance en personne, et leur promit de régler le problème pour le lendemain. Ce qu'il fit dans ce même bureau et cette ambassade où il semblait avoir ses habitudes, leur annonçant la bonne nouvelle, tout en s'assurant d'utiliser, toujours, les mots les plus justes, avant de leur demander la raison qui m'avait poussé à venir écrire ici, en Amérique. Tous deux n'en savaient rien, évidemment. Mais Rita a supposé me connaître suffisamment pour pouvoir répondre longuement. Elle, qui n'aimait habituellement pas s'étendre, a pensé que c'était la moindre des choses après ce que cet homme venait de faire pour nous.

Sans doute, expliqua Rita, les États-Unis d'Amérique, et tout particulièrement la ville de New York, constituaient dans mon esprit l'œil du cyclone en termes de culture-monde. La capitale culturelle symbolique de notre époque postmoderne. C'est d'ici, de ce lieu qui prétendait encore au lien entre une certaine Europe traditionnelle et le reste de la planète, que je devais écrire. Évidemment, il n'en était rien. Un simple concours de circonstances et une dépression latente m'avaient fait atterrir dans cette ville. En outre, l'idée d'écrire sur la culture, loin de Paris, tous frais payés, pouvait être une motivation suffisante.

Et puis, il ne s'agissait pas de créer, ou même de vivre en réaction, mais plutôt d'orienter vers des idées ou vers des figures qui n'avaient pas été totalement corrompues ou entièrement aveuglées malgré les incohérences et les pseudo-vérités du temps. Il était en effet assez aisé de se proclamer contre les effets pervers de la modernité tout en les embrassant soi-même. Et je ne sais pas si Rita mesurait à quel point mon combat consistait à ne pas sombrer dans ce piège, en utilisant l'art comme bouclier. Rita et moi étions persuadés que le début détermine la fin et qu'il s'agissait sans cesse de revenir à l'ultime fondement : se souvenir que nous avions tous l'humanité en partage, que nous étions corps certes mais également esprit et que si nous avions des devoirs et des responsabilités les uns, les unes vis-à-vis des autres, nous avions aussi un équilibre à maintenir dans cet écosystème si particulier, d'où procédait la nature de laquelle nous tenions tous, en puissance, cette fondamentale félicité. En somme, nous nous battions pour empêcher qu'un certain monde, traditionnel dans sa quête éternelle du Beau et du Souverain Bien c'est-à-dire de l'Amour, ne se défasse totalement. Cette dernière remarque éminemment camusienne fit sourire Emmanuel qui se balançait sur sa chaise, écoutant avec attention Rita parler de sa voix douce et pleine de conviction. J'ai su à cet instant que nous aurions été amis si je n'avais pas été tué sur ce parking.

Au fond, cet humanisme existentiel était la raison pour laquelle, entre tous les mouvements plus ou moins issus du hip-hop, je pensais qu'il ne fallait pas s'impliquer outre mesure dans les us et coutumes du *game* en dénigrant les Rufus Alexander, les Drake ou les Kanye West sous prétexte d'une vision consciente du rap, ou traditionnelle du monde. Il aurait été naïf à l'excès de ne pas voir que les mêmes influences négatives s'exerçaient partout ; et c'était faire le jeu de ces forces que de s'associer aux agitations lancées et téléguidées souterrainement par elles. Rita fit remarquer qu'à l'heure où les principes faisaient défaut partout dans le monde, on n'avait jamais tant employé ce même mot, « principe ». Et, plus qu'une simple célébrité qu'on finit toujours par oublier, un rare et authentique homme de principes venait de disparaître, et c'était bien là le drame. Demarcy-Mota déclara que la poésie était notre dénominateur commun. La poésie, dans ces temps où le théâtre représentait encore avec majesté le dernier lieu où elle pouvait surgir vivante, organique, de manière totalement libre, spontanée et lisible par tous. La poésie – avec l'endroit théâtre comme écrin –

était notre dernier espoir, l'ultime manifestation de ce lien encore capable de nous unir tous, si profondément. Cette poétique de la relation, dont parlait Glissant, seule capable de nous réinventer à la fois en tant qu'individu, peuple français et européen. Le paradoxe des vers païens de Pessoa – qui disent et contredisent à l'unisson le mystique, qu'il évoqua ensuite – symbolisait, pour lui, la preuve vécue de cette possibilité, le début d'une expérience supra-humaine dont on ne pouvait nier l'existence concrète, qu'on ait foi en un dieu ou pas.

En entrant dans l'avion, Rita qui avait été mon épouse pendant onze ans paraissait n'intéresser personne. Mais au bout de deux heures de vol, une hôtesse de l'air vint lui confesser qu'elle vouait une admiration sans bornes à notre couple. Pour l'heure, elle éprouvait seulement la honte terrible de se laisser submerger par la douleur de ma disparition face à une Rita qui restait tellement digne. Est-ce que ma femme pensait tenir émotionnellement sur le long terme ? L'hôtesse s'est ravisée, sans doute consciente qu'il s'agissait d'une question impossible et lui a demandé si elle comptait mettre fin à sa carrière. « Ça changerait vraiment quelque chose ? » a demandé Rita. L'hôtesse de l'air s'est accroupie. « Je ne sais pas. Je n'ai jamais pu vous dissocier l'un de l'autre. Perdre sa moitié, c'est quelque chose ! » Rita eut envie de lui dire que nous étions techniquement déjà séparés avant que je disparaisse, mais se contenta de lui confier que des gens mouraient tous les jours et que la vie devait continuer.

En embarquant, Rita avait l'intention de ne parler à personne et n'avait pas remarqué l'intérêt que lui portait l'hôtesse de l'air. Celle-ci avait même commencé par lui jeter un de ces regards distants, bien connus des personnalités médiatiques. Et puis l'hôtesse avait fini par se montrer prévenante, mais pas plus que n'importe quelle hôtesse de n'importe quel vol international de première classe. Après leur échange, Rita n'avait plus vu un être quelconque au physique pompeux mais une jeune femme simple qui aurait pu être une de ses amies. Elle allait saisir ses mains, parfaitement manucurées, posées délicatement sur l'accoudoir, et lui dire combien elle était heureuse de faire ce bout de voyage avec elle, quand elle réalisa qu'elle ne la connaissait pas et que j'étais vraiment mort.

Quelques heures plus tard, après de nombreuses turbulences et d'inquiétantes secousses, le commandant était venu voir Rita à son tour. Il paraissait extrêmement jeune et cela ne la rassura pas. Il s'assit à côté d'elle tout en lui présentant d'une manière affectée et protocolaire ses condoléances. Il aimait vraiment mes textes, et les chansons de Rita avaient marqué toute son adolescence, c'est pourquoi il avait tenu à venir en personne. « Vous savez, poursuivait le commandant, cela me fait tout drôle d'être assis à côté de vous. Ça représente vraiment quelque chose pour moi. Comprenez bien que je n'ai jamais abordé quelqu'un dans de telles circonstances pour lui dire tout ce que je ressentais. » Son langage corporel indiquait clairement qu'il faisait la cour à Rita. Mais quand il voulut savoir si nous nous étions aimés jusqu'à la fin, Rita se demanda comment on pouvait faire preuve d'autant de grossièreté. Elle répondit cependant que j'étais le seul homme qu'elle avait aimé et qu'elle pensait ne plus jamais aimer un autre homme de la sorte.

Le commandant parut déçu. Est-ce que ce sentiment était définitif ou était-ce seulement le choc de ma disparition ? Rita lui expliqua qu'aucun choc n'aurait pu lui faire dire autre chose que ce qu'elle pensait. Le soir où elle avait décidé de me quitter, pour elle, le fait que nous n'ayons pas d'enfant n'était pas un simple prétexte mais bien la conséquence d'une longue et douloureuse réflexion solitaire et silencieuse sur la maternité et la légitimité pour une femme artiste à avoir de l'ambition sans culpabiliser. Le commandant s'impatientait. Il tenta sa chance néanmoins : « Pouvez-vous me laisser votre numéro de portable ? » Afin qu'ils puissent apprendre tous les deux à mieux se connaître une fois que tout ça serait retombé, continua-t-il. Rita lui dit : « Non, parce que tout ça comme vous dites ne retombera jamais. » Il était sincèrement surpris, étonné qu'on puisse lui résister. Il devint subitement agressif et lui affirma que « les gens comme lui étaient rares » et qu'on la regardait elle uniquement parce qu'elle était célèbre et qu'en réalité personne ne la comprenait ni ne la voyait comme elle était vraiment, c'est-à-dire comme une jeune femme qui n'avait pas confiance en elle et qui allait bientôt découvrir horrifiée que je ne l'avais jamais traitée comme elle aurait mérité de l'être. Il s'était levé, amer, et avait jeté un dernier regard à Rita comme pour lui donner une ultime chance. Elle voulait qu'il s'en aille. Elle ne désirait pas la moindre sympathie d'un tel homme. Car, si son arrogance aurait pu être drôle dans d'autres circonstances, tout la dégoûtait dans cet individu. Comment pouvait-on parler ainsi à une femme qui venait de perdre l'amour de sa vie ? Elle voulait lui dire que c'était elle qui n'était pas comme tout le monde, et pas seulement parce qu'elle était célèbre, et que cette singularité, je la lui avais fait ressentir dès mon premier regard. Lui, au contraire n'était qu'un porc malgré l'image qu'il se faisait de lui-même. Mais elle se tut et se détourna simplement vers le hublot avec dédain, considérant qu'on ne devait aucune explication à un être aussi vil. Alors que le pilote était toujours là debout, Rita se mit brusquement à scander pour elle-même, à voix basse mais audible, un poème de Rabia al Adawiyya qu'elle me déclamait par défiance chaque fois que je la mettais en rogne :

> Ô mon Dieu, tout ce que Tu m'as réservé en fait de choses terrestres, donne-les à Tes ennemis ; et tout ce que Tu m'as réservé dans le monde à venir, donne-le à Tes amis ; car Tu me suffis.
>
> Ô mon Dieu, si je T'adore par crainte de l'enfer, brûle-moi en enfer, et si je T'adore par espoir du paradis, exclus-moi du paradis ; mais si je T'adore uniquement pour Toi-même, ne me prive pas de Ta beauté éternelle.
>
> Ô mon Dieu, ma seule occupation et tout mon désir en ce monde, de toutes les choses créées, c'est de me souvenir de Toi, et dans le monde à venir, de toutes les choses du monde à venir, c'est de Te rencontrer. Il en est pour moi ainsi que je l'ai dit ; mais Toi, fais tout ce que Tu veux.

L'incantation, à peine prononcée, eut son effet et l'indélicat, comme un diablotin exorcisé, tête baissée, retourna dans la cabine de pilotage.

Rita n'avait jamais imaginé être veuve. Quand je suis mort pourtant, elle comprit qu'elle le serait à jamais même si elle se remettait un jour en couple. Par la suite, elle fit toujours preuve d'imagination en amour. Au fond, je ne serais jamais mort à ses yeux. Je resterais son membre fantôme. Et c'est précisément après la lecture de mon manuscrit qu'elle en prendrait pleinement conscience. Le matin où elle rentra dans notre appartement du 10e arrondissement, Rita décida d'abord de ne vivre que dans le grand salon où elle avait entreposé mes affaires rapportées avec elle de New York. Elle ne répondit pas aux messages vocaux de mes frères qui la prévenaient de la bonne réception de ma dépouille à l'aéroport de Strasbourg et qui souhaitaient la questionner d'urgence au sujet de mon lieu définitif de résidence.

La nuit fut longue. Elle ne cessa de se retourner sur le canapé en cuir. Elle voyait son reflet dans le grand écran noir du téléviseur. L'appartement était au dernier étage de l'immeuble et l'ampoule géante du lampadaire de la rue éclairait la pièce malgré les volets fermés. Elle ne pouvait pas croire que je n'étais plus physiquement nulle part dans ce monde, même si ma dépouille était allongée quelque part dans une chambre froide en Alsace. Elle se leva brusquement et alla regarder l'heure sur la box. Il était 1 h 11 du matin. Dans un second mouvement, elle a fixé d'un regard mi-clos mes affaires déposées dans un coin de la pièce puis s'approcha lentement de mon sac à dos. Elle en sortit les deux épais cahiers à spirale sur lesquels, durant mon ultime séjour américain, j'avais commencé à rédiger un récit où je m'étais évertué à refuser la négation de toute vision supérieure à mon individualité propre. Et à présent, je comprenais bien la justesse de mon instinct d'alors.

Aucune civilisation, aucun être ne pouvaient se réduire aux seuls éléments sensibles et quantifiables. C'est pourquoi je ne voulais plus qu'on me parle de la rue où j'avais été victime, même lorsque je dealais des kilos d'héroïne et de cannabis, persuadé à tort que je contrôlais mon destin en même temps que ma cité. Un tel destin lié à ma seule santé financière, c'est-à-dire à un bonheur individuel et fantasmé, manquerait nécessairement de rigueur pour initier le rétablissement d'une communauté positive, unie et harmonieuse célébrant les vertus de l'esprit et du collectif. Parce que au fond tel était mon objectif depuis le début. C'est pourquoi la politique et les réflexions sociales de ceux qui ne vivaient pas – ou qui n'avaient pas vécu – nos expériences dans les rues de nos cités, ne représentaient rien de plus que de bêtes témoignages de l'état d'esprit du moment. Mais force est de croire que je ne pouvais me résoudre à taire l'agitation qui secouait le monde, l'Europe, la France et, dans un monstrueux effet boomerang, la rue dans laquelle je me rêvais Jay-Z époque pré-*Reasonable Doubt*, son premier album paru en 1996.

Rita a allumé la petite lampe de chevet à côté du fauteuil où je lisais seul dans la nuit quand j'étais encore de ce monde. Elle s'est assise en tailleur sur l'épais tapis marocain – sur lequel régulièrement j'ai veillé en prière les cinq dernières années passées dans le monde des vivants. Elle s'est plongée dans mes notes manuscrites que j'avais pris soin de rendre le plus lisible possible au cas où adviendrait cette situation dramatique que je n'avais pas vue venir.

Mais avant de parcourir avec elle les pages à grands carreaux noircies en Amérique, j'aimerais m'arrêter un instant sur la prière. Précisément parce que sa pratique dans ce bas monde avait, en partie, déterminé ma place et mon statut actuel. La prière rituelle, c'est l'oraison dont le Prophète de l'islam dit : « La fraîcheur de mes yeux m'est donnée dans l'oraison. » Maintenant que je suis de l'autre côté du miroir de l'existant, je vois que l'oraison est une contemplation et un échange secret entre l'éternel et l'éphémère, en concordance avec le discours divin affirmant que si on Le mentionne, Lui qui est l'embarras des intelligences, Il nous mentionnera à son tour. Aphorisme divin édicté par le Prophète et qui dès lors se grava avec exactitude dans la voix et dans la chair des gens de la science du dedans, jusqu'à nos jours. L'oraison est un office dont le signifié et le signifiant sont mis en commun entre le créateur et la créature, ce qui se réfère ici d'un côté à Dieu et de l'autre à l'humain. La prière rituelle est un pilier sur lequel, lorsque j'étais vivant et que j'embrassais la voie soufie, mon maître insistait lourdement, c'est une contemplation et un échange secret entre l'éternel et l'éphémère en somme. Car elle est aussi réminiscence, rappel, mention, invocation. Mais, avec cette vision acérée qui me permet désormais de percer le temps et la matière, je sais de façon certaine que quiconque invoque Dieu se trouve en sa présence s'il est en connexion avec son lieutenant, et celui-là même qui se trouve en présence de Celui qu'il invoque, Le contemple certainement s'il ne laisse pas cligner l'œil lové au-dedans. C'est bien ce que les contemplatifs appellent la contemplation et les visionnaires la vision. Mais celui qui n'a qu'un cœur de chair, ou pire de pierre, ni ne voit ni ne contemple. Et qu'importe que sa poitrine soit étroite ou bien ample.

Si on ne peut juger autrui, on peut se jauger, soi. Juger son propre degré spirituel par l'absence ou l'actualité de vision dans l'oraison. J'ai, la plupart du temps passé dans ce bas monde, adoré comme si je voyais alors que j'étais aveugle, mais ma foi en mon maître soufi – et en son successeur quand celui-ci nous a quittés –, qui n'a sans relâche cessé de m'enseigner l'amour de Dieu et de son prophète, m'a finalement appris l'amour de tous les êtres créés. Ce ne sont pas les balles crachées par les armes automatiques de mes assassins qui ont mis fin à mon existence terrestre, mais bien cet amour qui à petit feu déjà m'éteignait, me consumait, réduisait mon essence en cendres.

J'étais mort bien longtemps avant de venir à Washington, seulement, c'est dans ce parking que j'ai su, pour de bon, qu'on ne pouvait tenir éternellement à distance ce qu'aucun regard de chair ne peut saisir en gardant conscience.

LIVRE I. FAIRE PEUPLE

Toute l'affaire de la vie, c'est la gestion du temps. J'ai appris à ne plus me morfondre lorsque j'ai décidé de me souvenir puis de me reconstruire à partir d'un événement précis qui a fracturé mon enfance. Je me concentrais toujours de la même façon. Je m'absentais d'abord par l'esprit de l'endroit d'où je me trouvais, en fermant les yeux et en restant soigneusement immobile. Je me voyais, âgé de quatre ans, dans une longue ruelle étroite tenant d'une main ma mère et de l'autre mon père. C'était plutôt sommaire, au départ. Pourtant chaque fois que je revenais mentalement à la charge, le souvenir était plus précis. L'image était moins vaporeuse, et reprenait place clairement, sur ce trottoir, si particulier, à la dénivellation à peine perceptible dans cette rue strasbourgeoise que nous foulions si joyeusement. Je voyais également tous les détails des chaussures de mes parents ainsi que les chaussettes blanches de mon père et les collants couleur chair de ma mère. J'entendais avec précision la percussion si singulière de leurs pas, et mon corps adulte, bien qu'immobile et dans une autre temporalité, à l'unisson de mon corps d'enfant, se laissait emporter par ces longues et souriantes enjambées parentales. À force de forer ainsi mon souvenir, au bout de quelques années, je pouvais énumérer tout ce qui s'y trouvait. Les lampadaires, les petites fenêtres aux barreaux courbés en fer forgé, le colombage charpantant les murs blancs fissurés, ici et là. Le nid de cigognes à la pointe du toit le plus haut.

Plus j'approfondissais le mouvement de ma pensée, plus des images précédemment ignorées se faisaient jour. Bien sûr c'est avec la même clarté, chaque fois renouvelée, et la foule de petits détails embrassant tout, que me revint l'apparition, sans transition, de la dizaine de skinheads qui déboulèrent et agressèrent violemment mes parents sous mon regard effaré et sous la pression de ce petit corps épouvanté, convulsif, sur lequel je n'avais plus aucun contrôle.

Je ne me résumais pas, sans aucun doute, à cette méchante blessure mais celle-ci était fondatrice. Moins d'une année après cet événement, mon père allait quitter ma mère, et notre monde – avec ses éblouissantes habitudes – cessa pour mes frères et moi-même. J'allais comprendre plus tard que ce qui était vrai pour un être était vrai pour une famille et pour un peuple tout entier. Et que toutes choses étaient biaisées, de fait, lorsqu'elles découlaient d'un traumatisme. D'une certaine manière, avoir été capable si tôt, et par moi-même, d'établir ce premier et définitif diagnostic signa mon ultime chance et ma guérison. Même si pendant longtemps mes frères et moi avons fait comme si cet épisode n'avait jamais eu lieu.

Il y a eu la rue aussi, je veux dire la cité. Après, j'ai grandi mais mal à l'intérieur de celle-ci et ensuite je n'en ai plus voulu. Finissant par me ressaisir et par démêler ce sac de nœuds et de douleurs qui me ruinait. Je peux dire sans vanité aucune qu'en admettant que j'étais le problème, j'ai fini par devenir la solution. Il ne me restait plus qu'à parcourir la trajectoire entre les deux, en gérant le temps. C'est ce qu'on appelle vivre, je présume.

Cette commotion si particulière, bien que résultant d'histoires différentes et singulières, nous sommes nombreux à la partager dans les quartiers populaires, et jusqu'à ces vingt dernières années, même symboliquement, elle y avait toujours été cantonnée dans sa forme la plus virulente ; mais une prise de parole artistique, ou disons un courant musical – le rap – vieux de plus quarante ans désormais, lui permettait de s'affirmer partout. Donc, le déferlement du versant poétique du hip-hop n'est pas chose nouvelle, mais il se limitait jusque-là à une souveraineté s'exerçant quasi exclusivement, en France, sur le peuple de la périphérie : sur les jeunes Français, principalement, issus de l'immigration et les gens du voyage ; et dont l'étude des contrecoups était circonscrite aux domaines socioculturel et politico-économique des cités HLM dont, il faut l'avouer, le reste de la communauté nationale n'avait que faire. De nos jours, à l'inverse, le monde entier s'est complètement converti à la « culture urbaine » et a abandonné le mépris pour adopter tout entière cette culture, source de revenus économiques sans limites et instrument de contrôle inespéré d'une masse jusque-là irrépressible, grâce à l'exemple des modèles anglo-saxons, spécifiquement américains, et à l'importance d'Internet et des réseaux sociaux comme outils d'informations ou, en d'autres termes, de diffusions d'un mot d'ordre mondialisé.

Mais l'argent n'a pas toujours été au cœur du système en France, n'en a pas toujours été la valeur principale. L'évolution des métiers dits du « divertissement » en est un parfait exemple. Prenons l'industrie du disque en France, dont l'âge d'or a pris définitivement fin après la mort de Charley Marouani, cet été pluvieux de 2017. Le temps où les hommes d'affaires et d'argent comprenaient le langage des poètes et des muses a vécu et nous nous dématérialisons désormais avec assurance dans ce XXIe siècle qui entre pourtant à peine dans sa majorité.

Ce juif tunisien ne s'est pas seulement occupé de Brel, de ses débuts jusqu'à sa disparition prématurée en 1978, lui et sa famille, les Marouani – tellement nombreux dans l'industrie que le Grand Jacques recommandait en plaisantant de les compter comme on compte les moutons si par hasard on souffrait d'insomnie –, ont, pendant près d'un demi-siècle, façonné les carrières et le milieu dans lequel évoluèrent des titans comme Jacques Brel, Barbara, Serge Reggiani, Claude Nougaro, Yves Montand, Henri Salvador, Juliette Gréco et de nombreux autres.

J'ai rencontré Charley pour la première fois chez Juliette Gréco justement, il y a une dizaine d'années, lorsqu'elle habitait encore dans l'Oise. C'est Gérard Jouannest, son époux, qui avait accompagné au piano et co-composé la quasi-totalité de l'œuvre de Jacques Brel, et avec lequel j'avais la chance de travailler à l'époque, qui me le présenta avec son laconisme habituel : « Charley, Kamil, Kamil, Charley. » Ce jour-là, j'étais pris entre mon émotion d'évoluer auprès de telles légendes et la conscience inavouée de débuter une carrière qui allait faire date. Charley Marouani, lui, me serra longuement et fermement la main, me regardant droit dans les yeux comme s'il y lisait les subtilités cachées de cette ambition poétique qui bouillonnait en moi, parlant sans transition avec des mots simples et choisis de la priorité de l'épanouissement en tant qu'artiste si je prétendais à l'art, évoquant la rigueur et la fidélité à soi d'abord, puis à tous ceux qui allaient m'accompagner dans cette odyssée. J'ai commencé à croire sérieusement en moi ce jour-là. Même si, quand j'ai commencé à travailler avec Gérard et à fréquenter Juliette, je savais déjà que je n'allais plus simplement être un rappeur mais m'approcher du statut d'artiste que j'ambitionnais secrètement comme un homme qui refuse d'être cantonné à son ethnie et qui revendique confusément, mais de plein droit, son humanité – Charley en quelque sorte m'adoubait, comme l'avaient fait avant lui la muse de Saint-Germain-des-Prés et son époux. Mes rêves effrontés de gloire, que j'arborais egotiquement depuis mes débuts dans la cité HLM brumeuse où j'avais grandi, se métamorphosaient en quelque chose d'énorme, de profond et de diffus, qui à vrai dire me faisait un peu peur. J'ai commencé à penser que toute cette histoire de poésie, de chanson française à texte, de légendes et de classiques avait finalement tout à voir avec ce rap, qui était et demeurerait à jamais mon art.

Et puis, un matin, dans la Fnac du centre commercial de Belle Épine à Thiais, j'ai acheté l'album de Jay-Z : *The Blueprint*. « U Don't Know/Tu n'as aucune idée » d'où je viens, de l'enfer que j'ai traversé avant de devenir l'homme que je suis et tu n'en sais pas davantage sur l'être que j'ambitionne d'incarner, *in fine*. C'est le propos qui sous-tend chaque rime de l'album de ce rappeur au sommet de son art, poétiquement et surtout commercialement, qui se cherche et se trouve, et se cherche encore, à chaque morceau, qui essaie de rassembler ce qui est épars en lui avec une sensibilité qui, pour des questions de survie et de sécurité matérielles évidentes, fait prendre le plus souvent à ses propos et à ses attitudes, avec une certaine flamboyance baudelairienne il faut le reconnaître, une posture blasphématoire, hédoniste, paradoxale et notablement belliqueuse. À peine deux années après la sortie de ce disque, tout comme Jacques Brel en 1966, la quête, consciente ou pas, le cheminement en tout cas de Jay-Z allait se traduire par la décision de prendre sa retraite. Les deux artistes signifiaient, semble-t-il, par cette action qu'ils n'étaient plus à vendre si désormais les possibilités de l'art devaient s'épuiser dans leur positionnement commercial. Mais finalement, Jay-Z, contrairement à Brel, allait sortir aussi rapidement de sa retraite qu'il y était entré. Dans la logique du libéralisme des années 2000, le potentiel de séduction universel du rappeur africain-américain de Brooklyn était une manne idéologique et financière beaucoup trop importante pour que celle-ci restât plus longtemps inexploitée. La question étant de savoir où se loge encore la poésie dans cette logique de l'impérialisme culturel et économique avancé. Car en effet ce n'étaient pas les figures de style, les alexandrins sauvages ou la perfection du débit rythmique avec lesquels le rappeur new-yorkais posait sa voix sur les maux et les préoccupations de l'époque qui allaient le plus attirer l'attention – ni même les ventes d'albums colossales bien qu'en dessous de celles d'un Eminem, par exemple –, mais sa capacité unique à transformer des foules entières, jusque-là rétives aux produits de certains grands groupes commerciaux, en consommateurs compulsifs.

The Blueprint est sorti le 11 septembre 2001 en même temps que *Les Corrections* de Jonathan Franzen et le premier album de Rita. Et alors que la planète entière découvrait avec effroi le terrorisme. Désormais toutes les formes de puissance, même positives, allaient s'exercer, partout dans le monde et dans toutes les disciplines, en s'appuyant systématiquement, directement ou indirectement, sur la peur. Le rap n'allait pas échapper à la règle. Et c'est sur cette peur que se jouerait l'essentiel des compositions très soul music du jeune Kanye West, pourtant figure geek proche des rappeurs américains dits « conscients » de l'époque, qui changeaient radicalement de visage tout en feignant la continuité, faisant plus que jamais, implicitement, du pragmatisme et du diktat de la quantité les critères artistiques par excellence. « Les femmes et les hommes mentent mais les chiffres jamais. » Cette parole de sagesse matérialiste rendue célèbre par Jay-Z, précisément dans cette période, allait devenir la devise de toute une génération de rappeurs qui depuis bien longtemps déjà n'ambitionnaient plus le statut de poète.

La peur, donc, couplée paradoxalement au sentiment d'avoir trouvé, dans le bien nommé *The Blueprint*, le parfait mode opératoire pour réaliser à mon tour un classique de la même envergure, se diluait en moi comme l'eau dans l'huile à l'écoute douce amère de cet album splendide, cet après-midi de septembre. La peur de m'inscrire, par un effet de mise en abîme, dans un processus qui allait bien au-delà de la simple esthétique me terrifiait. En effet, en ce tout début de XXIe siècle, les rejetons du hip-hop étaient au cœur d'un mécanisme mondial parfaitement rodé qui générait à lui seul des milliards d'euros et allait même bientôt installer à la Maison Blanche le premier président noir de l'histoire de la première puissance mondiale et du monde occidental. Bien sûr tout cela n'avait strictement rien à voir avec la poésie, ou du moins pas au sens où je l'entendais et l'entends encore.

Cependant plus j'avançais dans l'écoute attentive de *The Blueprint*, plus je comprenais, en tant que rappeur travaillant sur un opus qui se devait de faire date, que j'avais dans les oreilles pas moins que le mètre étalon du rap du nouveau millénaire, comme le *Thriller* de Michael Jackson avait pu l'être pour toutes les musiques pop à venir ou le *Kind of Blue* de Miles Davis pour le jazz. Le rappeur français que j'étais sombrait néanmoins dans un profond désarroi, car ce qui semblait être le modèle à suivre était à des années-lumière du renouveau français dont je rêvais d'être le porte-drapeau à l'heure de la mondialisation, terme perçu comme positif avant qu'Édouard Glissant ne nous ouvre les yeux à ce sujet, mais c'est une autre histoire. En tant que Français, les thèmes abordés dans *The Blueprint* me désespéraient, moi qui bataillais déjà dans un no man's land identitaire, conséquence directe des esclavagisme, colonialisme et impérialisme occidentaux, concrets et figurés. La mondialisation était finalement l'intitulé qu'on aurait déjà pu donner à l'entreprise des explorateurs portugais qui débarquèrent sur les côtes africaines au XVe siècle. Le concept avait donc vu le jour bien avant que Jay-Z sorte son fameux sixième album solo et que je me retrouve moi – européen, français, alsacien d'origine africaine congolaise, noir, donc, et musulman sunnite disciple d'un maître soufi marocain – face à ce dilemme : le hip-hop, qui était le dernier grand mouvement international culturel, politique, économique et social depuis la chute du mur de Berlin et la fin du communisme, pouvait-il concrètement intégrer de la singularité, dans ce qui ressemblait de plus en plus à un système en circuit fermé ? L'altérité, une vision non anglo-saxonne, était-elle digeste pour ce tout déjà si articulé ?

En somme, pouvais-je ambitionner de réinventer une certaine poésie française et la faire briller puissamment à l'international – et précisément aux États-Unis, la mère patrie du hip-hop –, sans utiliser ni la langue anglaise ni le sentiment de la victoire de la matière sur l'esprit qu'affichait si fièrement Jay-Z ? Mais ce qui semblait pour moi un dilemme à l'époque – du moins concernant la primauté attribuée à la quantité sur la qualité – allait se résoudre pour Jay-Z dans une adroite instrumentalisation cathartique des affres de la vie normale, dont même la célébrité ne peut sauver, en tant qu'individu, fils, époux et père de famille en quête à la fois de perfection et de rédemption. Pour les autres, c'est-à-dire le public mondialisé, il faudrait sans aucun doute « un peu plus » que des conseils de placement financier et une thérapie de groupe sur un album de rap même classieux, même téléchargé des millions de fois et streamé par milliards, pour bouleverser positivement leurs conditions en tant qu'êtres. Je reste convaincu, mais je l'étais déjà à l'époque même si ma vision était moins aboutie, que ce « un peu plus » s'apparente à une sorte d'héritage primordial toujours vivant auquel le hip-hop et une certaine conception de la culture moderne, ou postmoderne au choix, ont largement tourné le dos bien avant 2018.

Et dans cet après-midi de début de printemps de cette même année, 2018 donc, Vladimir Poutine entamait son quatrième mandat à quelques semaines de la Coupe du monde de football que nous allions gagner avec panache – et même les polémiques raciales successives, qui opposeraient, en France et à l'étranger, le réel au fantasme quant à l'identité des joueurs, n'arriveraient pas à ternir cette victoire ; Trump, pêle-mêle, annonçait le retrait des États-Unis de l'accord sur le nucléaire iranien, transférait l'ambassade de son pays en Israël à Jérusalem, renforçait le protectionnisme américain et repoussait une fois de plus sa rencontre avec le leader nord-coréen.

Et puis, il y eut des attentats en France et en Belgique mais aussi, comme régulièrement, en Afghanistan. Une famille entière de kamikazes se faisait sauter en Indonésie et des heurts violents eurent lieu dans la bande de Gaza, tuant une soixantaine de Palestiniens et en blessant des milliers d'autres. Vu d'ici on ne savait pas, comme d'habitude, ce qui se passait réellement en Afrique, mais, en ce 25 mai 2018, le couple présidentiel français allait être accueilli par Poutine pour une visite d'État, ce qui, après leur visite récente aux États-Unis, était censé témoigner du retour de la France sur la scène diplomatique internationale.

Si j'avais pu parler à Gérard Jouannest de l'actualité de ce mois de mai 2018 dominée par la Russie, lui, le résistant et fils de résistant communiste durant la Seconde Guerre mondiale, m'aurait simplement dit que « les médias racontent souvent des craques », que son seul regret était que nous n'ayons pas encore pu nous produire ensemble à la fête de l'Huma, et il aurait ensuite opposé, taquin, les paradoxes de Poutine aux mérites de Jean-Luc Mélenchon. Mais Gérard était mort, et cela s'était passé tellement vite, moi qui plaisantais encore avec lui quelques semaines plus tôt au téléphone, que je n'arrivais pas à l'imaginer dans le corbillard blanc que je suivais, aux côtés d'Olivia Ruiz et de Christophe Miossec, lentement, tête baissée, fermement accroché au bras de ma Rita, sur cette large allée du cimetière Montparnasse, tanguant sous mes pas. Juliette Gréco, au bout de l'allée, assise sur un fauteuil roulant, belle encore malgré l'âge, la fatigue et la tristesse, ne pleurait pas. Elle regardait s'approcher doucement la foule dense du cortège comme un public devant lequel elle ne se produirait pas.

Rita a fermé mon gros cahier à spirale et l'a posé sur sa poitrine. Elle regarda ensuite, pour la première fois avec attention, les moulures au plafond. Elle trouva qu'elles étaient laides.

Mes mots, dans un mouvement continu, allaient se fracasser durant de longues minutes sur les digues de son cœur avant qu'elle ne trouve le sommeil. Cette tumultueuse berceuse rendait limpide sa propre vision. Elle pensait maintenant qu'au fond Malcom X avait été pour nous autres une illusion religieuse qui nous avait fait croire au salut par la croyance en Dieu. Qu'il y avait eu ensuite Barack Obama qui, lui, nous avait fait espérer le salut par la politique, et qu'aujourd'hui Jay-Z nous faisait estimer que c'était dans l'économie, dans l'entreprise que résidait la félicité. Rita était à présent d'avis que le tout-économique était un mirage, un trompe-l'œil qui lui aussi, à la suite du reste, allait finir par générer un gros chagrin.

Rita ferma les yeux et jugea que Hov (l'autre alias du rappeur de Brooklyn) était sans doute de bonne foi – comme Puff Daddy, Rick Ross ou Nipsey Hussle et tous les autres rappeurs-entrepreneurs prônant *in fine* la quantité comme valeur ultime – mais, de fait, appartenait à la catégorie des idiots utiles de la finance. Parce que s'il était vrai que l'économie consumait nos sociétés, l'économie elle-même était consumée par la finance. La communauté hip-hop mondiale et son élite (c'est-à-dire la communauté hip-hop noire américaine) n'étaient pas en avance, contrairement à l'idée véhiculée par la pop culture, mais bien en retard.

L'époque où de grands entrepreneurs manœuvraient leurs entreprises comme des outils philanthropiques de production avait vécu et laissé leurs places à l'idée de l'entreprise comme simple moyen de rendement financier.

De là où je me trouvais, la perception de Rita tenait de l'évidence. Les politiques n'influençaient plus le marché et l'économie ne signifiait plus rien. L'autorité n'avait d'autorité sur nulle chose et les gens s'orientaient vers ceux qui arboraient le plus doctement les signes extérieurs de richesse matérielle. Rita fredonna la basse d'introduction de « The Story of O. J. » puis marmonna, dans un état intermédiaire, avant de se laisser définitivement happer par la nuit, les paroles suivantes : « Alors, on pourrait parler d'art bien sûr… Avant, il fallait de l'argent pour acheter de l'art maintenant on achète de l'art pour faire de l'argent… »

IV

Madagh

Rita a fait un rêve.

Elle m'a aperçu, en face d'elle, avec la djellaba blanche qu'elle m'avait achetée à Belleville, dans un large espace rectangulaire aux murs orange. J'étais entouré d'une dizaine de personnes, des Noirs qui chantonnaient en chœur une mélodie d'une profonde nostalgie. Rita était accompagnée de femmes noires, asiatiques, blanches et maghrébines de tous âges, quelques-unes étaient voilées mais la majorité ne l'était pas. Les deux groupes étaient séparés par une grande grille dorée. Les femmes regardaient les hommes qui ne semblaient pas se rendre compte de leur présence et continuaient leur chant triste. En dépit de l'agitation, et du fait que je lui tournais le dos – j'étais moi aussi tout entier pris dans cette ritournelle de l'au-delà –, Rita et moi parvenions à nous entendre parfaitement et communiquions par la pensée. « Tout va bien ? m'a-t-elle demandé. — Oui. — Tu es heureux, tout est comme tu pensais ? — Non, mieux, beaucoup mieux », ai-je répondu. Rita a cessé de me questionner et a souri.

La pièce orange était remplie de tables rondes autour desquelles personne n'était assis. Rita a levé la tête et vu accroché au plafond en bois vernis un lustre étrange d'où se déversait un flot de lumière continue, en même temps qu'elle m'entendait lui déclamer doucement : « Sa Lumière est semblable à une niche où brûle une lampe, une lampe dans un cristal ; le cristal, on dirait une étoile de perle : elle tire son aliment d'un arbre de bénédiction, un olivier qui ne soit ni d'Orient ni d'Occident, dont l'huile éclaire presque sans que la touche le feu. Lumière sur lumière ! » Rita a alors éclaté en sanglots et m'a dit que je lui manquais drôlement, que mes deux frères l'accompagnaient pour m'enterrer à Madagh, au Maroc, puisque c'était là-bas que j'avais décidé, seul – a-t-elle ajouté ironiquement –, de situer ma dernière demeure, ajoutant que ma mère était triste que je sois si loin mais qu'elle comprenait. Je me suis alors levé, retourné et je l'ai regardée droit dans les yeux. Rita s'est approchée de la grille en pleurant de plus belle. Elle se sentait partir mais a serré la grille de toutes ses forces comme si celle-ci pouvait la retenir encore dans le rêve. Elle m'a vu ensuite lui dire une longue phrase sans qu'aucun son ne sorte de ma bouche, et, chacune à son tour, les autres femmes ont commencé à s'évaporer. Rita a serré la grille encore plus fort mais rien n'y a fait, elle a fini par disparaître elle aussi.

Rédoine a tapoté doucement l'épaule de Rita qui dormait au côté de ma mère à l'arrière de la berline qu'ils avaient louée à Oujda. Il fallait qu'elle se réveille parce qu'ils étaient bientôt arrivés à Madagh. La voiture était à l'arrêt sur une petite butte et on pouvait voir au loin la majestueuse bâtisse rougeâtre, la zawiya Boutchich. Le cousin Franck, à l'extérieur, parlait paisiblement avec Jibril, ils avaient tous deux fait le voyage la veille avec ma dépouille.

Rita n'allait pas avoir la force d'assister à mes funérailles. Pourtant de nombreuses personnes étaient là. Beaucoup de membres de ma famille du côté de ma mère et quelques-uns du côté de mon défunt père étaient venus directement de Brazzaville et de Pointe-Noire. Mes tantes et mes oncles qui vivaient en Alsace avaient tous, sans exception, fait le déplacement, et il y avait même quelques personnalités parisiennes très en vue de la politique et du show-biz. J'étais une célébrité culturelle française d'importance, après tout. Leur présence était d'ailleurs une idée de mon agent, et il le rabâchait souvent, quand j'étais en vie, qu'il fallait toujours soigner sa sortie parce qu'on ne savait jamais comment se passerait le retour.

La réincarnation n'est pas reconnue en islam, en tout cas pas officiellement. Lorsque j'avais vécu mon existence, je pensais avoir saisi, sur les questionnements classiques qui font l'objet de la vie, tout ce qui allait s'avérer utile dans ce monde et dans l'autre, avant ma disparition physique tout au moins. Depuis lors, les choses s'étaient, disons, un peu complexifiées, et, sans remettre en question les enseignements qui m'avaient été dispensés de mon vivant, elles rendaient opportun de préciser que c'était bien sur ma dépouille que tous ces hommes et toutes ces femmes derrière, debout, priaient. Et c'est bien moi qui à la fois vous parle et qui suis dans ce cercueil en bois à côté de l'imam. Mais, depuis de nombreux siècles, ce lieu, dans ce petit village, est familier au mystère.

J'y suis venu pour la première fois peu de temps après avoir embrassé l'islam mais je n'ai jamais aimé parler des raisons qui m'avaient incité à le faire. Non pas à venir ici mais à être devenu musulman. Ce que j'ai vécu comme des retrouvailles avec moi-même concernait une réalité tellement intime qu'elle était de l'ordre de l'indicible. Bref, même si je m'apprête à le faire, je n'ai jamais vraiment aimé parler ni de mon passé dans la rue ni de religion, particulièrement lorsque je suis devenu célèbre et qu'on s'est mis à me questionner sur tout et, surtout, n'importe quoi. Je n'avais pas pour habitude de me confier à qui que ce soit de mon vivant et encore moins, même indirectement, de prendre plaisir à m'apitoyer sur mon sort. Lorsque je me suis « converti » – et je déteste ce mot – cependant, ce qui a été le plus dur à gérer, c'est que je ne pouvais cesser de penser comme le voleur que j'avais longtemps été, bien plus longtemps que dealer de drogue en réalité. À cette époque, lorsque je marchais dans la rue, par exemple, je ne pouvais m'empêcher de scruter les sacs à main, les sacs à dos, les sacoches, les besaces et toutes les sortes de poches, poche de sac, poche intérieure de veston, poche arrière de jean, poche avant de chemise ou gousset. Bref toutes les fentes qui pouvaient contenir une bourse, un porte-monnaie, un portefeuille ou une montre à l'ancienne. Je visualisais alors en esprit la meilleure technique pour ouvrir sans me faire remarquer le clapet de ce sac à main, la fermeture Éclair de ce sac à dos ou le bouton de poche intérieure de cette veste de costume. Je m'imaginais tout, le danger, l'action, l'adrénaline et la délivrance au moment de palper les billets de banque, comme on brandit un trophée, symbole de ma victoire perpétuelle sur l'adversité. J'étais vraiment bon lorsque j'étais encore en activité. J'avais pendant des années dansé au-dessus d'un précipice, et je n'étais jamais tombé. Quand je marchais dans une rue et que cette sensation me prenait, je n'étais pas fier de comprendre que, même si je n'avais jamais touché ni à l'héroïne ni à la cocaïne, j'étais une sorte de toxicomane en constante rémission qui souffrait terriblement du manque.

Et puis, comme j'avais abandonné les études et que je piétinais professionnellement, je passais mon temps à attendre les prières rituelles que j'effectuais quotidiennement à la petite mosquée aménagée dans une cave de l'immeuble en face du mien. Entre deux prières, je ne faisais rien hormis lire d'obscurs prédicateurs wahhabites ou des moralisateurs salafistes qui juraient à demi-mot, dans des termes à peine voilés et dans un français souvent approximatif, de conquérir et purifier un monde corrompu et mécréant. Au fond je n'ai jamais été convaincu par toute cette littérature prosélyte assez simpliste et pauvre, il faut le reconnaître, mais elle m'aidait à donner du sens à une vie qui n'en avait plus beaucoup, au regard de l'état du monde et du cours de ma vie. Du reste, je m'étais interdit, pour ne pas souffrir davantage, d'aller trop loin dans mon questionnement existentiel. Et toute l'énergie que cette posture m'obligeait à déployer en termes de vigilance me permettait de tenir le coup et d'avoir un semblant de vie. Chaque jour, pourtant, j'étais assiégé par la sensualité. Je ne désirais pas une femme en particulier mais toutes, puisque les relations sexuelles hors mariage – et j'étais jeune célibataire – étaient strictement interdites. Et toute interaction qui impliquait une femme physiquement à mon goût, laquelle aurait pu, en tout bien tout honneur, être mienne tournait au cauchemar. Aussi, pour ne plus être perpétuellement sous influence de mon entrejambe, j'ai fini par me soulager tout seul de manière compulsive, à tel point que la masturbation aussi était devenue une addiction. Mais il a fallu une seule lecture, un seul livre, pour que tout change définitivement.

Dans la cité à l'époque, pour tous ceux qui cogitaient un peu, la politique était tout. Et, vu par le prisme de l'idéologie, le monde n'avait pas beaucoup de sens et le nôtre n'en avait pas du tout. Mais on l'approuvait, on le célébrait même, ce qui était un peu bête. À la fac de philo, j'avais été surtout, fatalement, introduit à différents philosophes, à leurs discours théoriques et aux systèmes dont ils étaient à l'origine ou les continuateurs. Mais ce qui fut une révélation, en marge de ces cours officiels, étaient les lectures qui m'initièrent à la philosophie comme phénomène historique et spirituel. Tous les auteurs qui me permettaient de voir la chose philosophique en train de se développer. Je m'y étais fortement intéressé pendant un temps et puis j'avais mis tout ça de côté, préoccupé que j'étais, dans mon élan de nouveau converti, à parler avec fougue de ce Coran que je n'avais jamais lu, sinon les quelques mots nécessaires pour faire la prière, et à m'ériger en Père la Vertu pour donner, je l'ai dit, du sens à une existence qui n'en avait guère. Et alors que je m'engluais dans ces sables mouvants du mental, je suis tombé par hasard sur le livre qui allait bouleverser ma vie à jamais : *Islam, l'autre visage* d'Eva de Vitray-Meyerovitch.

Dans ce lumineux petit livre d'entretiens, une phrase m'avait intrigué fortement et avait éveillé tout particulièrement ma curiosité : « C'est vrai [que j'ai un maître soufi]… C'est un grand esprit et il a de nombreux disciples. Il m'a beaucoup donné mais je ne peux rien dire de plus. »

La question était de tout mettre en lien – j'ai enquêté rigoureusement pour retrouver la trace de ce « maître soufi », auquel l'une des plus grandes islamologues françaises du XXe siècle, spécialiste de Rûmi, et disparue en juillet 1999, faisait allusion. Et ma quête m'a conduit à la zawiya Qadiri Boutchich, à Madagh, petit village de l'oriental marocain, où j'allais vouloir un jour que ma dépouille repose et où, en attendant, ce fameux maître soufi dont parlait Eva de Vitray-Meyerovitch allait me prendre comme disciple et m'apprendre, à mon tour, à me souvenir que toute religion n'a de sens que si elle reflète cette relation d'amour essentiel qui unit, une fois le voile de l'ignorance levé, tous les êtres, sans exception, depuis la nuit des temps. Ce maître soufi Sidi Hamza et, à sa suite, après sa disparition, son fils Sidi Jamal allaient m'apprendre que la prière musulmane n'est pas une simple gymnastique du corps mais bien un engagement tout entier de l'être, au-delà des actes cultuels. J'allais pratiquer le lâcher-prise.

Telle était bien la signification du terme islam : baisser les armes et, dans un amour éperdu, s'en remettre à la vie.

Rita entendit les femmes qui remontaient du bâtiment de la zawiya qui leur était réservé. Elle se leva et vit ma mère en larmes soutenue par trois de mes tantes. L'une d'entre elles lui fit un signe de la tête comme pour lui dire que ma cérémonie d'enterrement s'était bien passée, et Rita lui répondit par un sourire triste. Les autres femmes psalmodiaient à haute voix des versets du Coran, et elle pensa au rêve qu'elle avait fait durant le trajet qui l'avait menée jusqu'ici. Elle alla s'asseoir au côté de ma mère et les deux femmes pleurèrent dans les bras l'une de l'autre. C'est à ce moment qu'une femme d'un certain âge, visiblement pauvre et à l'air ahuri, hurlant d'une voix aiguë des phrases incompréhensibles en arabe, se précipita au beau milieu du grand salon marocain où les femmes étaient à présent toutes assises sur des banquettes, buvant du thé et parlant à voix basse. Les femmes, qui n'étaient jamais venues à la zawiya, se tournèrent d'un même mouvement, surprises et déconcertées, vers la vieille dame, alors que les autres continuaient à deviser comme si de rien n'était, certaines plaisantant même gentiment de la réaction des étrangères. La femme rugit à nouveau toujours en arabe en fixant Rita : « Ton époux était comme Sidi Omar Ibn Al-Faridh. Un poète qui fit comme lui *L'Éloge du vin*, tu comprends ? » Puis sans transition, dans un français clair, calme et sans accent se mit à scander :

Nous avons bu à la mémoire du Bien-Aimé un vin dont nous nous sommes enivrés avant la création de la vigne.

La pleine lune est son verre ; et lui est un soleil que fait circuler un croissant. Que d'étoiles resplendissent quand il est mélangé !

Sans son parfum, je n'aurais pas trouvé le chemin de ses tavernes. Sans son éclat, l'imagination ne pourrait le concevoir.

Le temps en a si peu conservé qu'il est comme un secret caché au fond des poitrines.

Si son nom est cité dans la tribu, ce peuple devient ivre de déshonneur et sans péché.

Il est monté peu à peu du fond des vases et il n'en reste en vérité que le nom.

Qu'il vienne un jour à l'esprit d'un homme, la joie s'empare de celui-ci et le chagrin s'en va.

La seule vue des cachets posés sur les vases suffit à faire tomber les convives dans l'ivresse.

S'ils arrosaient d'un tel vin la terre d'un tombeau, le mort retrouverait son âme, et son corps serait revivifié.

Étendu à l'ombre du mur de sa vigne, le malade déjà agonisant retrouverait aussitôt sa force.

Près de ses tavernes, le paralytique marche et les muets se mettent à parler au souvenir de sa saveur.

Si les souffles de son parfum s'exhalent en Orient, un homme privé d'odorat devient dans l'Occident capable de les sentir.

Celui qui tient la coupe, la paume fardée de vin, ne s'égarera pas dans la nuit ; il tient un astre dans la main.

Un aveugle né qui le recevrait dans son cœur recouvrerait aussitôt la vue. Le bruissement de son filtre fait entendre les sourds.

Si dans une troupe de cavaliers se dirigeant vers le terroir qui lui donne naissance, quelqu'un est piqué par une bête venimeuse, le poison ne lui fait pas de mal.

Si l'enchanteur trace les lettres de son nom sur le front d'un possédé, ces caractères le guérissent.

Brodé sur l'étendard de l'armée, ce nom enivre tous ceux qui marchent sous l'étendard.

Il polit le caractère des convives et par lui se conduisent dans la voie de la raison ceux qui n'ont pas de raison.

Celui dont la main n'a jamais connu la largesse devient généreux, et celui qui n'avait pas de grandeur d'âme apprend à se modérer même dans la colère.

Si le plus stupide des hommes pouvait baiser le couvercle de son aiguière, il arriverait à comprendre le sens de ses perfections.

On me dit : « Décris-le, toi qui es si bien informé de ses qualités. » — Oui, en vérité, je sais comment le décrire.

C'est une limpidité et ce n'est pas de l'eau, c'est une fluidité et ce n'est pas de l'air, c'est une lumière sans feu et un esprit sans corps.

Son verbe a préexisté éternellement à toutes les choses existantes alors qu'il n'y avait ni formes ni images.

C'est par lui qu'ici subsistent toutes les choses, mais elles le voilent avec sagesse à qui ne comprend pas.

En lui mon esprit s'est éperdu de telle sorte qu'ils se sont mêlés tous deux intimement ; mais ce n'est pas un corps qui est entré dans un corps.

Vin et non vigne : j'ai Adam pour père, vigne et non vin : sa mère est ma mère.

La pureté des vases en vérité vient de la pureté des idées ; et les idées, c'est lui qui les fait croître.

On a fait une distinction ; mais le tout est un ; nos esprits sont le vin et nos corps la vigne.

Avant lui il n'y avait pas d'« avant », et après lui il n'y a pas d'« après » ; le commencement des siècles a été le sceau de son existence.

Avant que le temps fût, il a été sous le pressoir. Le testament de notre père n'est venu qu'après lui ; il est comme un orphelin.

Telles sont les beautés qui inspirent pour le louer les proses harmonieuses et les vers chantants.

Celui qui ne le connaît pas encore se réjouit de l'entendre citer, comme l'amant de Nou'm d'entendre le nom de Nou'm.

Ils ont dit : « Tu as péché en le buvant. » — Non certes, je n'ai bu que ce dont j'eusse été coupable de me priver.

Heureux les gens du monastère ! Combien ils se sont enivrés de ce vin ! Et pourtant, ils ne l'ont pas bu, mais ils ont eu l'intention de le boire.

Avant ma puberté, j'ai connu son ivresse ; elle sera encore en moi quand mes os seront poussière.

Prends-le pur, ce vin, on ne le mêle qu'à la salive du Bien-Aimé ; tout autre mélange serait coupable.

Il est à ta disposition dans les tavernes ; va le prendre dans toute sa splendeur. Qu'il est bon de le boire au son des musiques !

Car jamais nulle part il n'habite avec la tristesse, comme n'habitent jamais ensemble les chagrins et les concerts.

Si tu t'enivres de ce vin, fût-ce la durée d'une seule heure, le temps sera ton esclave docile et tu auras la puissance.

Il n'a pas vécu ici-bas celui qui a vécu sans ivresse, et celui-là n'a pas de raison qui n'est pas mort de son ivresse.

Qu'il pleure sur lui-même, celui qui a perdu sa vie sans en prendre sa part.

V

Tuberculose

On entreposa mon corps à la morgue d'un hôpital de Strasbourg après que Rita se fut occupée de son rapatriement depuis Washington. Une fois en France, mes frères Jibril et Rédoine me réceptionnèrent puis appelèrent les pompes funèbres musulmanes et s'occupèrent de tout après que la décision de m'enterrer au Maroc fut définitivement prise. Rédoine ne voulut pas être présent au lavage de ma dépouille et chargea Jibril d'assister l'agent des pompes funèbres dans sa tâche. Plus tard, lorsqu'ils ne furent plus étouffés par la tristesse, Jibril raconta à Rédoine et à notre mère le curieux événement qui s'était produit à la morgue lorsqu'il était occupé à me laver. Alors que l'agent lui expliquait les différentes étapes des ablutions mortuaires, je leur apparus soudain et j'allai m'asseoir au chevet de ma propre dépouille. Croyant céder à l'illusion, Jibril et l'agent, effrayés, se frottèrent les yeux et voulurent s'enfuir avant de réaliser que c'était bien moi qui les implorais de continuer et de ne pas avoir peur. Tremblants, ils prirent leur courage à deux mains et continuèrent leur office, ne cessant de me voir, jusqu'à ce que mon corps soit solidement emmailloté dans mon linceul. À Madagh, plusieurs de ceux qui portèrent mon cercueil jurèrent avoir entendu clairement une voix en dialecte marocain en provenance de ma bière leur demander à plusieurs reprises de se hâter.

Rufus avait été tué sur le coup lors de notre exécution à Washington alors que la mort avait pris un peu plus de temps avec moi. Après avoir tiré, nos deux assaillants avaient regagné à toute vitesse la camionnette verte et disparu avant que les clients du club, alertés par les coups de feu, ne sortent de l'établissement. Alors que mon corps entier suintait de sueur et de sang, alors que mes yeux s'égaraient de frayeur, que mes narines se dilataient, que mon souffle se faisait haletant, que mon teint virait à l'orange, je vis quatre hommes, impossibles à décrire, assis sur les sièges arrière du 4 × 4, cependant que ni Rufus ni moi n'avions été en mesure d'ouvrir le véhicule verrouillé de l'intérieur. Les gens qui s'amassaient maintenant autour de la voiture en attendant la police et les secours ne semblaient pas voir les quatre hommes qui entreprenaient de me saisir sous les épaules. Je perdis d'abord la vue, même si je continuais à les entendre et à les sentir agripper mes bras et mes jambes. Et puis plus rien. Je crois être, littéralement, mort de peur. Avant l'épisode de la morgue de Strasbourg, j'avais eu une autre expérience singulière dans une temporalité inconnue proche du rêve sans en être un.

C'est une saison intermédiaire entre printemps et automne, dans deux endroits simultanément, une chambre d'hôpital et une maison, toutes deux assombries par une lumière éclatante, où un même jeune homme de seize, dix-sept ans environ, est allongé sur un lit. Les deux lieux vides sont infestés d'esprits de lumière et de feu que je suis seul à voir, moi-même invisible au regard du garçon maigre confiné au lit, relié à un tuyau grossier d'où sort un gaz qui doit atteindre son poumon malade. La solitude se lit dans ses yeux maladifs qui reflètent l'ombre et la lumière, le grand air circulant de fenêtre ouverte en fenêtre ouverte, le frémissement des feuilles vertes et brunes secouées par le vent, le ciel bleu et blanc à portée de main. De temps en temps, les deux lieux n'en font qu'un, et je cherche à prolonger ce moment pour retrouver un semblant de repères. Le jeune homme s'efforce de penser avec son corps pour lui donner une activité autre que celle de supporter la douleur qui s'accroche à lui. Il n'autorise aucune chance aux larmes qui tentent de s'évader de son œil abattu. Je m'approche de lui et il détourne le regard. Il ne me voit pas alors que je suis témoin du moindre mouvement dans son crâne et il déploie une énergie phénoménale pour que tout y soit figé.

Maintenant, les esprits se précipitent sur lui. Et j'assiste à cette parade qui a lieu dans l'existence des femmes et des hommes, tout au long de leur vie, sans que ceux-ci, sauf exception, s'en rendent compte, jamais. Des dieux et des déesses, principalement grecs et noirs africains, l'entourent de toutes parts et lui parlent en même temps ; dans cet entre-deux-monde, des dialectes grecs et égyptiens anciens, une profusion d'accents et une langue inconnue des vivants se fracassent les uns contre les autres au milieu d'un océan de vagues muettes où le jeune homme, totalement inconscient de ce cérémonial, souffre physiquement en silence. Chacune des divinités plaide sa propre cause, et je suis surpris de voir à quel point la violence peut être placide selon l'endroit d'où elle est perçue. Les esprits antiques cèdent ensuite la place aux fantômes d'écrivains suicidés qui se plaignent dans un langage lui aussi inaudible à tout ouïe de chair et de sang.

Le jeune garçon a la fièvre. Il grimace et se tord de douleur puis se redresse et la brave sans sortir du lit. Son esprit est un champ de bataille, une contrée que la mort veut conquérir à tout prix. Et lorsqu'elle y arrive ces épousailles de la nuit et de la cervelle se consomment avec peine sous les cris assourdissants, sans voix et sans époque, des esprits perdus qui se sont eux-mêmes ôté la vie – Sénèque, Nerval, Wolf, Zweig, Hemingway, Celan, Mishima, Gary, Levi et Deleuze. Entre ces noms égrenés apparaissent des tourments informulables verbalement. Et chacun des spectres, ex ou futurs hommes de lettres, personnifie les affres qu'ils font vivre collectivement au jeune homme dans cet instant éternel. Et ce sont bien ces afflictions qui font dire aux vivants, ignorant tout de l'autre monde, que les chants les plus tristes sont les plus beaux. Que d'heures passées dans cette solitude à vouloir échapper à sa propre personne, à vivre son corps comme un cachot, à tenter d'échapper à ces murmures, incessants, à l'intérieur, et qui pourtant ne lui appartiennent pas. Le jeune homme suffocant, brisé, est appelé à choisir pour son avenir, qu'il sait incertain, entre des options dont il n'a pas conscience et dont il ne peut mesurer les conséquences. « Ce n'est pas si facile de devenir ce qu'on est [...] », écrira-t-il un jour.

Je suis triste de voir ce jeune garçon s'agiter. Je m'approche encore un peu, pose ma main sur sa poitrine. Je lui apprends à respirer. Il se calme et semble même grimacer un sourire qu'il interrompt aussitôt de peur que le soulagement ne soit passager. Je souris à mon tour, conscient de l'incidence de mes mouvements dans ce rêve qui n'en est pas vraiment un. Je balaie d'un revers de main les fantômes encore accrochés à lui. Ils disparaissent tous et le garçon se détend complètement. C'est ici même que j'ai su que j'étais mort. Il me fallut lutter pour ne pas laisser le sol se dérober sous mes baskets lorsque j'entendis deux blouses blanches entrer et l'une dire à l'autre que le jeune homme s'appelait Camus, Albert Camus, et que sa toux chronique était due à la tuberculose.

Ensuite, ce fut comme si je rêvais par intermittence. Je me retrouvai d'abord à Strasbourg à la morgue assis à mon propre chevet, puis dans le rêve de Rita, à côté de l'imam lors de la prière mortuaire, et enfin allongé dans le cercueil qu'on descendait progressivement dans la fosse. Alors que j'étais comme paralysé dans la position du dormeur, je voyais et entendais tout ce qui se passait autour de moi malgré le bois du cercueil. Et au fur et à mesure qu'on me recouvrait de terre, je perçus une voix faible puis forte, qui semblait venir de la fosse elle-même, dont je n'arrivais pourtant pas à discerner le propos. La voix ne cessa de se faire entendre jusqu'à ce que la terre fût entièrement aplanie au-dessus de moi. J'avais les lèvres sèches et je bavais pourtant. Je tremblais de peur, terrorisé par l'obscurité épaisse du ventre de la terre qui m'entourait quand je me rendis compte de deux choses : en plus de mon linceul, j'avais un tissu enroulé en collier autour du cou, et une lumière à mes pieds, d'abord imperceptible, grossissait et commençait doucement à me sortir des ténèbres. Un petit enfant jouait avec une bille de lumière. À présent, il était devant moi et me souriait. « Sais-tu qui je suis ? » me demanda-t-il. Un sentiment extrême de sécurité se dégageait de lui, magnifiquement vêtu et exhalant le plus exquis des parfums. Sans voix, je remuai doucement la tête en signe d'ignorance. Il me sourit à nouveau. « Je suis ton secret. Ne te chagrine pas et ne crains rien. Tu vas bientôt voir apparaître deux êtres qui vont te faire connaître l'effroi. » Je me mis à nouveau à trembler sans pouvoir m'arrêter. Il posa sa petite main délicate sur mon épaule emmaillotée. Son geste m'apaisa instantanément. « Surtout ne te laisse pas intimider », ajouta-t-il. La lumière s'éteignit et l'enfant disparut brusquement mais j'eus à peine le temps de m'en rendre compte qu'une lumière noire m'aveugla.

Deux entités, dont je ne pourrais décrire l'apparence et qui ne ressemblaient à rien de ce que j'avais pu voir de mon vivant, firent leur apparition. Leur voix s'apparentait à une sorte de grondement et des orifices qui leur servaient d'yeux jaillissaient des éclairs. Elles tenaient chacune une barre d'acier si énorme que je n'en voyais ni le commencement ni la fin. Je me mis à pleurer et à trembler d'épouvante. La morve coulait sans interruption de mon nez. Aucune crainte ne m'avait jamais saisi de cette manière. J'étais absolument terrifié. J'essayai alors de me souvenir des paroles de l'enfant, et cette simple pensée me calma un peu. Les deux créatures me frôlèrent avant de m'adosser contre une paroi de ma tombe. L'une d'entre elles m'interpella dans une langue que je n'avais jamais entendue mais que je comprenais. « De qui es-tu l'esclave ? » L'une après l'autre, elles me posèrent des questions auxquelles je me hâtais de répondre, également dans cette langue qui m'était totalement étrangère, avec une miraculeuse et soudaine décontraction.

À la fin de l'interrogatoire, les deux êtres se regardèrent puis dirent à l'unisson : « Il a dit vrai. Nous ne sommes point en mesure de le rudoyer, car il connaît sa preuve. » À peine eurent-elles prononcé cette phrase que le tombeau prit la taille d'une pièce à la voûte immense. L'une des créatures s'approcha d'une fenêtre qui apparut à ma gauche et tira le rideau qui la recouvrait. J'y vis des hydres, des scorpions énormes, des chaînes et des carcans, des animaux et des végétaux horribles dont je n'aurais pu imaginer l'existence même dans mes cauchemars les plus épouvantables. La frayeur me harponna une nouvelle fois et la deuxième créature eut à peine le temps de fermer le rideau et de me dire « Dors heureux ! » que je perdis connaissance.

Lorsque je rouvris les yeux, je traversais notre système solaire, qui est contenu tout entier dans le premier ciel, puis les différents cieux à toute vitesse, allongé dans un drap de soie jaune porté par deux lueurs à forme humaine. J'eus peur d'abord de tomber, je saisis donc fermement, des deux mains, un pan du tissu ; je crus m'asphyxier lorsqu'on atteignit la stratosphère. Quand enfin je pus respirer sans aucune difficulté, je compris que je ne risquais désormais plus rien. Au cours de cette longue ascension un vent bienfaisant me chatouillait le visage et je m'émerveillais de voir d'innombrables peuples anciens disparus, telles des nuées de sauterelles répandues sur une vaste étendue. L'une des lumières qui me transportait prit le visage de mon frère cadet, Jibril, et me fit un sourire complice au moment où l'on atteignit le ciel inférieur et où une porte incommensurable se dressa devant nous.

Jibril, au seuil, frappa. « Qui es-tu ? » entendit-on. Celui qui avait le visage de mon jeune frère se tourna à nouveau vers moi et me fit un clin d'œil complice. « Je suis Jibril et je suis accompagné de mon frère Kamil. » Cette scène se reproduisit jusqu'au septième ciel où l'on entendit alors : « Bienvenue à celui qui n'a eu de cesse d'implorer la miséricorde tout au long de son existence terrestre. » La porte s'ouvrit alors et nous fûmes happés par un immense halo de lumière multicolore. Ce lieu dans lequel j'évoluais désormais se faisait appeler l'Isthme. Il s'agissait d'un endroit étroit vers le bas qui allait s'élargissant vers le haut. À son sommet, un dôme qui ressemblait à celui d'un phare ; comparable au grand pilon en bois dont le haut est étroit, et qui va en s'élargissant progressivement vers le bas. Si on déposait le dôme du phare sur sa tête, on obtiendrait la forme de l'Isthme. Concernant sa hauteur, l'Isthme reposait sur le ciel de ce bas monde pour émerger face à moi, puis pour s'élever bien haut jusqu'à atteindre le deuxième, le troisième, pour pénétrer le quatrième puis le cinquième, puis le sixième et le septième ciel ; et il s'élevait encore au-delà. Son dôme se trouvait à son sommet, et les gens de ce monde l'appelaient l'habitation peuplée. J'y vis et vécus des choses que nulle intelligence ne peut concevoir.

Il me fut demandé un jour de descendre de l'Isthme et de retourner dans le bas monde afin de rencontrer un collège qui devait débattre à mon sujet. J'obtempérai sans poser la moindre question mais il me fut néanmoins dit que, une fois de retour sur Terre, je devrais me souvenir. Ne pas oublier que le bas monde, dans sa constitution même, est ce qui nous éloigne de notre Seigneur, bien que tout être sans exception soit proche de Lui. Lorsque l'existence dont on pare les gens du bas monde se saisit d'eux et qu'ils ne la domptent pas, celle-ci ne les lâche plus jusqu'à ce qu'ils périssent sous ses griffes. J'avais beau essayer je n'arrivais pas à me souvenir de ce que j'avais ressenti lorsque moi-même je résidais dans cette réalité contre laquelle on me mettait à présent en garde. Je continuais à m'entendre dire que tout cheminant qui avait choisi la forme extérieure de l'islam, dans le monde avant celui-ci, et qui ne s'était pas rattaché à la guidance d'un maître soufi vivant dans le même monde que lui, ne pouvait que tourner en rond et finir par se perdre. Alors que mon amnésie, quant aux subtilités éprouvées dans mon for intérieur lorsque j'étais encore de souffle et d'argile, semblait totale, je me souvins de sœurs et de frères affiliés au grand maître soufi Sidi Hamza qui prétendirent, après sa disparition, qu'il était encore leur guide alors que lui-même avait fermement stipulé dans son testament spirituel que son successeur son fils, le Pôle, Sidi Jamal, était désormais le seul et unique détenteur vivant du Secret spirituel, garant de la validité et de la véracité de l'accompagnement du cheminant.

À ce sujet, on me rapporta mot à mot les paroles qu'avaient tenues les membres humains et non-humains du collège auprès duquel j'allais être introduit :

> [...] si leur intention [celle de ces sœurs et frères qui se réclamaient toujours de la guidance de Sidi Hamza alors qu'il n'était plus] avait été de bénéficier de la miséricorde du Très-Haut grâce à l'amour qu'ils avaient pour lui et à leur attachement à lui, c'était une louable intention dont on pouvait attendre des bénéfices, parce que l'intention de l'individu vaut plus que ses actions. Et comme il est rapporté dans les traditions authentiques : « Les œuvres ne valent que par les intentions, et chacun recevra en fonction des intentions qu'il conçoit. » Si, en revanche, ils visaient autre chose à travers cette affiliation – si par exemple ils aspiraient à parvenir à leur Seigneur, comme le font ceux qui sont rattachés à des maîtres réalisés vivants – alors, seuls les ignorants s'illusionnent de la sorte, car si un tel rattachement était valable, notre souverain, l'Envoyé de Dieu, le dernier Prophète, aurait dispensé tous les humains d'un autre maître que lui, car nul n'est plus digne que lui de se charger de nos affaires. Non ! On ne saurait se dispenser de maître dans aucune science, et à plus forte raison dans celle de l'islam, parce que les gens de la voie du soufisme ont dit : « Qui n'a pas de maître a le diable pour maître. » Un grand soufi a dit également : « Qui n'a pas de maître n'œuvre à rien de bon. » Supprimer les intermédiaires, c'est créer une rupture dans la transmission ; c'est néanmoins égarement que d'attribuer à ces intermédiaires le mérite de l'action.

On m'avertit, de surcroît, que quiconque se réclamerait de la spiritualité de l'islam et prétendrait pouvoir se passer d'un maître soufi vivant, en réalité, tournait le dos à la porte et faisait face au mur, car si l'être humain était resté dans les dispositions de sa nature primordiale, si son cœur et son corps ne contrevenaient en rien, fort de cela, il se dispenserait de tout maître. Mais comme les humains avaient changé et altéré les choses, et comme leurs cœurs et leurs corps s'étaient endurcis, les livrant au trouble dans lequel ils étaient, comment pourraient-ils se passer de maître ? Seuls les gens orgueilleux, ignorants et suffisants avaient de telles prétentions, me dévoila-t-on.

Je volais à la manière d'un esprit et me rendis au lieu-dit où la réunion devait se tenir. Quand j'approchai du lieu, je vis au loin que des vivants se rendaient au même endroit. Par politesse mais surtout par crainte, je décidai d'atterrir un peu plus loin et de faire le reste du chemin à pied, à la façon dont marchait mon corps lourd lorsqu'il était encore de ce bas monde.

Il me fut interdit de raconter ce qui se passa et ce qui se dit lors de cette réunion mais à l'issue de celle-ci, je fus envoyé dans un endroit où l'on me fit entrer dans un lieu tenant à la fois du placard et de la cabine d'essayage, orné d'un grand miroir dans lequel je pouvais me voir de la tête aux pieds. À peine y avais-je pénétré que la cabine s'emplit progressivement d'une lumière liquide et, au fur et à mesure que l'endroit prenait l'eau, je me voyais rajeunir et rétrécir et finalement prendre les traits de l'enfant qui m'avait réconforté lorsque j'étais dans ma tombe.

Le téléphone m'a réveillé brusquement et j'ai décroché en sueur dans mon grand lit d'hôtel new-yorkais.

Je n’étais plus mort, je ne me souvenais plus de l’avoir été et cela faisait un peu plus d’une semaine que Rita avait quitté la ville. Elle m’appelait pour m’annoncer qu’elle était enceinte et qu’elle voulait donner une deuxième chance à notre histoire.

VI

Le réveil

Premier mois…

En rentrant, Paris s'est juste substitué à New York. Bien sûr, je n'avais jamais vu tant de joie émaner de Rita et je pressentais qu'avec l'annonce de sa grossesse et l'écriture de ce roman, qui m'était devenue impérieuse, adviendrait une réalité inédite. Après la lecture de quelques pages, mon éditeur m'appela de nombreuses fois pour savoir où j'en étais et si ça ne me dérangeait pas d'en expliquer, un de ces jours, la teneur à l'équipe qui serait chargée de le défendre commercialement. La parution de mon ouvrage était prévue moins d'un an plus tard. Il me restait un peu de temps pour y apporter mes dernières retouches.

Le « buzz » s'était mis en route, colportant la rumeur que je m'apprêtais à sortir un livre sur mon amitié nouvelle avec Rufus et sur nos supposées frasques new-yorkaises, ce qui, bien que faux, représentait des arguments promotionnels de poids depuis que le célèbre rappeur de Chicago avait échappé à deux tentatives d'assassinat largement médiatisées.

Mon agent avait déclaré que les ragots étaient toujours bons à prendre, dans nos métiers, tant que notre proposition en valait artistiquement la peine. « Reste que, avait-il complété, finalement le public sera comblé, parce que ton bouquin parlera à ceux qui ont l'habitude de lire, de toute façon. » Sa logique était implacable.

Le matin, alors que le taxi qui devait me conduire à la maison d'édition m'attendait en bas de chez moi, il s'est mis à pleuvoir. Mon éditrice et mon agent m'ont introduit dans un bureau qui faisait office d'antichambre. On a patienté, debout face à une lourde porte qui ne laissait rien entendre de ce qui pouvait se tramer de l'autre côté et cela m'a un peu angoissé. Alors que mon agent se retirait dans un coin de la pièce avec son smartphone, à côté d'une table où était posé un livre marron intitulé *Les Dits de Bistami* traduit de l'arabe par Abdelwahab Meddeb, mon éditrice m'a souri et m'a proposé un café ou un thé mais j'ai dit que ça allait pour l'instant. Elle a ajouté : « Vous verrez, il y a du monde à l'intérieur mais tout le monde vous adore. » Je l'ai remerciée, ajoutant qu'il m'importait de résumer mon propos à des inconnus. Cela faisait sens.

Après un instant, quelqu'un nous a invités à pénétrer dans une grande pièce remplie de visages étrangers. Les fenêtres fermées laissaient entendre les légères percussions de la pluie sur les vitres, les discussions s'étaient interrompues à mon entrée. Il y avait une chaise mais j'ai pensé qu'on ne me verrait pas au fond si je m'y asseyais alors je suis resté debout. Mon éditrice et mon agent ont rejoint l'auditoire qui me faisait face. « Bonjour à tous. » On m'a applaudi une première fois. J'ai eu une sensation, incongrue, de fierté, alors que je n'avais encore rien fait et rien dit. Mais je n'ai pu m'empêcher de penser, sans doute un peu naïvement, que si toutes les femmes et tous les hommes prenaient conscience des paradoxes sur lesquels nous vivions tous quotidiennement, un monde meilleur jaillirait presque instantanément, car l'existence même du monde actuel, à l'exemple de la bêtise et de tous les obscurantismes, n'est que pure négation de notre humanité la plus profonde. Ainsi, ce bouleversement aurait lieu sans le moindre dérèglement, ce qui était inimaginable d'une autre manière. J'étais sincèrement convaincu que si nous avions tous accès à cette compréhension des choses, la portée en serait tout bonnement phénoménale. Mais, au vu de l'état d'esprit actuel du monde, il me semblait bien compliqué de nous voir tous atteindre un tel degré de compréhension. Pourtant, je gardais, chevillée au cœur, l'idée qu'il suffirait d'un(e) seul(e) ou d'un petit groupe même restreint pour montrer la voie et le caractère opératif de l'amour sincère dans un monde qui ne proposait finalement que des variations de la haine de soi.

Je dois avouer aussi que voir tous ces gens réunis, alors que je n'avais donné que quelques feuillets à mon éditrice, m'a un peu grisé. En général, on venait me voir en nombre lorsque j'avais, même indirectement, quelque chose à vendre. Et puis je me suis dit qu'en fin de compte même un intérêt léger à l'égard d'un être alertant sur les travers de nos sociétés et cherchant à les faire apparaître au grand jour, ça avait de l'importance même si cet être, c'était moi, car l'enjeu dépassait, et de loin, ma simple personne.

D'une certaine manière, il s'agissait d'une première étape. Car si on montrait ce que telles ou telles choses sont effectivement, il était de mon point de vue encore plus profitable de découvrir le pourquoi et le comment de leur présence. Puisque trouver leur place dans l'ordre universel, c'était également trouver la sienne propre, ainsi que sa fonction.

Mon discours a duré une vingtaine de minutes environ. Il y a eu un court silence à la fin et les gens ont applaudi une deuxième fois. Cela faisait, dans mes oreilles, un drôle de bruit de caisse claire à l'unisson. Mon éditrice a fait un signe discret en direction d'un homme blanc d'un certain âge et très élégant assis un rang derrière elle et celui-ci a sorti d'une serviette en papier trois feuilles de format A4 qu'il a tendues aux trois personnes assises à ses côtés.

Le vieil homme élégant s'est tourné ensuite vers moi et m'a demandé d'une voix posée si je voulais bien répondre à présent à quelques questions. Je pensais, à cause des applaudissements, que personne n'allait en vouloir davantage et, malgré ma surprise, je me suis dit qu'après tout c'était normal, car je ne pouvais avoir tout dit. Le vieil homme a continué en reprenant et résumant mes paroles durant cinq bonnes minutes. Il a voulu savoir à la fin s'il n'avait rien omis. J'ai dit « non » et il a paru satisfait. Mais un autre homme, plus vieux encore et à l'allure beaucoup moins cordiale – sous le regard réprobateur, cette fois, mais semble-t-il impuissant de mon éditrice –, s'est levé.

Il m'a demandé si c'était un ouvrage de philosophie que je m'apprêtais à livrer. Et, si c'était le cas, il n'était pas du tout sûr que « mon public » y adhérerait.

J'ai bien saisi à son ton qu'il parlait des Noirs et des gens issus des quartiers populaires mais je ne m'en suis pas offusqué. Il m'a demandé également pourquoi je ne parlais pas de Rufus, un jeune homme qui gagnait à être connu et une figure identifiable dans laquelle de nombreux jeunes du monde entier se reconnaissaient déjà. Je lui ai accordé que c'était vrai mais que je n'avais jamais émis l'intention d'écrire la biographie d'une célébrité sulfureuse. Il m'a conseillé ensuite, puisque je continuais à me « prendre pour un philosophe pro-européen », de donner, peut-être, même si cela n'allait sans doute pas de soi pour moi, un ton un peu plus hégélien à mon récit, parce que, par les temps qui couraient, c'était sans doute plus porteur. « On verra », ai-je dit. La suite a été moins étrange, moins conflictuelle en tout cas. Mais après deux autres interventions plus courtes, mon éditrice a demandé qu'on m'applaudisse une dernière fois avant qu'on aille prendre tous ensemble un verre de l'amitié.

On m'a fait, d'un même mouvement, signer quelques autographes, demandé de nombreux selfies et raccompagné chez moi. Il m'a fallu un certain temps, après avoir déjeuné et discuté longuement avec Rita sur nos racines africaines et sur l'avenir de notre futur enfant dans un monde et une Europe qui se fascisent, pour me rendre compte que le vieux monsieur taciturne du matin m'avait insulté. J'ai été pris, après le repas, d'un violent mal de crâne. J'ai donc avalé un ibuprofène puis fait une sieste entre la prière de l'après-midi et celle du coucher du soleil. Puis, j'ai rêvé.

J'étais debout, dans une grande pièce sans fenêtre, devant des faces sans visage toutes tournées vers moi.

Quand j'ai vu le deuxième vieil homme vêtu d'une robe noire entrer et monter sur un siège haut pareil à celui d'un arbitre de tennis, j'ai compris que j'étais dans une sorte de tribunal formé d'un juge et d'un jury. En levant la tête, et en me hissant légèrement sur la pointe des pieds, j'ai aperçu, assis derrière la double rangée des jurés, Donatien Grau – l'ami dont j'ai tu le nom au début de mon récit –, Hans Ulrich Obrist, Kanye West, mes deux frères, Rédoine et Jibril, ma mère et mon père, mon cousin Franck, Rita, mon agent, Emmanuel Demarcy-Mota, Rufus, Ruth Mackenzie, Jay-Z, Juliette Gréco et Gérard Jouannest. Ainsi que Hind Meddeb qui, elle, quittait la salle – et dont le regard plein de compassion me transperça le cœur. Gérard qui me voyait m'étirer, pour attirer leur attention, me fit un sourire et leva le poing me signifiant que tout allait bien se passer. Quand j'ai baissé la tête et secoué le menton pour laisser entendre que je ne lâcherais rien, le juge s'est mis à m'interroger.

Il m'a d'abord demandé mon âge, mon nom, mon prénom et ma profession et, tout de suite après ma dernière réponse, sans attendre, il m'a fait part de sa vision du monde qu'il déguisait mal en une série de questions. « Pensez-vous que le continent noir, compte tenu de sa sauvagerie, de sa barbarie et du peu de cas de son histoire, puisse faire partie intégrante de la civilisation ? L'éternel impubère peuple chinois est-il apte à l'indépendance ? L'Indien n'abandonne-t-il pas perpétuellement sa volonté propre en faveur des idées les plus absurdes ?... » Les jurés, sans yeux, sans oreilles, ni nez ni bouche, scrutaient tantôt le juge imbécile tantôt mes réactions outrées comme s'ils assistaient à un match de tennis et le public soupirait d'indignation à l'énoncé des prétendues questions que me posait le juge, qui assimilait le fait d'être européen à une religion, une ethnie et à un système de raisonnement qui incluait nécessairement un rapport de domination. Le juge, qui semblait lire dans ma pensée, m'a demandé en quoi j'avais la conviction de saisir un génie que je ne pouvais contenir organiquement. J'ai répondu que se revendiquer d'un gène biologiquement parlant était un non-sens dans ce domaine. Il m'a demandé si c'était le terme « génie » qui me déplaisait et j'ai répondu qu'en soi la destinée des êtres et des territoires qui les contiennent était « géniale » et qu'objecter le « génie » pour dénigrer qui que ce soit était bête, car au fond les peuples et les territoires de la Terre entière procédaient d'influence qui, bien que s'appuyant sur elle d'une certaine façon, dépassait ou plutôt transcendait largement cette notion. J'ai dit encore que le continent européen, que l'Europe, était effectivement un parfait modèle et que son nouveau projet devait se baser sur la culture et l'éducation. « Je me sens moi-même européen, je suis européen ! » lui ai-je affirmé. Mais si on demandait aujourd'hui à quelqu'un de faire le portrait-robot de l'Européen type, est-ce que l'idée de dessiner mon visage lui traverserait l'esprit ? J'ai accrédité le fait que nous devions connaître la culture et l'histoire de l'Europe, faites de l'histoire des gens du monde entier qui s'étaient retrouvés sur ce continent et s'y étaient mélangés, de gré ou de force, depuis la nuit des temps. L'Europe n'a jamais été exclusivement blanche, masculine et catholique. Cette histoire-là est un mensonge. Et pour vaincre les fantômes lugubres du passé qui réapparaissent, avec tant de force, ces jours-ci, nous avons besoin de culture, d'éducation et de spiritualité ; pas nécessairement de spiritualité religieuse mais d'un cadre de valeurs renouvelé. Comme ce fut le cas quand, au sortir de la Seconde Guerre mondiale, on déclara : « Plus jamais ça » contre toutes les formes de fascisme et de barbarie.

Le juge, contrarié, ne voulait pas continuer dans cette direction car visiblement je faisais déjà preuve d'un entêtement contre-productif, ce qui était symptomatique des gens de mon « espèce ». Il s'est arrêté un instant puis m'a demandé si je savais que j'étais mort déjà une première fois. J'ai dit : « Non. — Vous semblez pourtant à l'aise et très sûr de vous de ce côté-ci du miroir ! » J'ai dit que je ne comprenais pas et que je ne savais pas de quel miroir il parlait. Il m'a alors regardé avec dédain et a déclaré qu'il était temps à présent qu'on entende les témoins.

L'image a sauté comme dans un film, je me suis retrouvé assis dans un box et mon père a été le premier appelé à la barre. On lui a demandé de parler de moi et il a avoué qu'il ne pouvait pas vraiment, qu'il ne me connaissait pas suffisamment. Mais, a-t-il ajouté sans qu'on lui pose la question, à l'hôpital où il était décédé les infirmières estimaient toutes qu'il avait de la chance de m'avoir comme fils. « Ça doit vouloir dire quelque chose… », s'est-il empressé. On lui a demandé ce que cela signifiait pour lui. Mon père a baissé les yeux comme s'il avait honte. Pour un enfant qui avait grandi sans père dans une cité HLM je ne m'en étais pas mal sorti, et il pensait la même chose à propos de Rédoine et Jibril. Le juge a ajouté : « Il ne faut pas minimiser la présence maternelle qui, elle, n'a fait défaut à aucun de vos enfants ! — Oui… », a murmuré mon père.

Aussitôt après, on a entendu Hans Ulrich Obrist. Il a essuyé avec un mouchoir en papier, qu'il a ensuite rangé dans la poche de son pantalon en toile, ses lunettes à la monture rouge puis a répondu au juge sans jamais le regarder. Il ne l'aimait pas, à l'évidence. Il a dit me concernant qu'Édouard Glissant était notre lien et que cela suffisait. Le juge a demandé : « Cela suffisait à quoi ? » Et Hans Ulrich Obrist a lancé : « À tout ! en le fixant cette fois droit dans les yeux. — Mais encore ? a demandé le juge provocant. — Aujourd'hui, a repris très calmement Hans Ulrich Obrist, des forces d'homogénéisation conduisent à différentes formes d'extinctions, que ce soit au regard de la dégradation de l'environnement ou de la disparition de phénomènes culturels. Pourtant, rejeter ces forces comporterait le risque de revenir à des formes dangereuses de néolocalisme et de néonationalisme. Se souvenir d'Édouard Glissant comme l'un des penseurs créatifs clés de notre époque suggère l'importance et l'urgence d'un dialogue mondial qui, à l'inverse de la mondialisation, se fonde dans la différence locale plutôt qu'elle ne l'efface. » Ces paroles et leur formulation semblaient ennuyer le juge qui bâilla bruyamment en se frottant les yeux. J'avais remarqué de petites taches rouges sur son visage et celles-ci semblaient maintenant bizarrement s'étendre. Après l'explication de Hans Ulrich Obrist, le juge lui a demandé s'il savait que j'étais en train d'écrire un livre et, si oui, s'il savait aussi que j'avais décidé de le construire sur le principe du fragment. Hans Ulrich s'est tourné vers moi, il m'a souri et a demandé à la cour s'il était possible d'écouter une archive. C'était d'accord – tout en l'informant qu'il en serait dépossédé car il s'agirait dès lors d'une pièce à conviction –, et on lui a fait apporter une enceinte Bluetooth à laquelle il a connecté son téléphone.

On a d'abord entendu retentir sa propre voix : « Nous venons d'évoquer un chapitre de ton dernier livre. Le livre est construit (Hans Ulrich se tourna de nouveau vers moi en secouant légèrement la tête comme pour attirer mon attention sur les paroles qui allaient suivre) sur le principe du fragment, c'est ça ? » Il y a eu un petit silence et la voix si reconnaissable d'Édouard Glissant s'est fait entendre : « Oui, ce n'est pas un livre linéaire. C'est un livre éclaté. Cependant, il est pourvu d'une orientation et d'un sens. Ce n'est pas un livre sans point de vue. Il y a une intention poétique qui traverse l'ensemble du livre, et cette intention est liée à la notion de paysage. L'idée centrale est que l'on peut partir d'un tout petit point du monde, qui est ici la Cohée du Lamentin, une petite baie dans la ville de mon enfance... C'est un lieu concret situé dans un petit archipel du monde et à partir duquel on peut partir, pour vivre la vie du monde de manière globale. L'idée du livre est qu'il n'est possible de comprendre le monde qu'à partir d'un lieu. On ne comprend pas le monde de manière vague et diffuse. Mais par ailleurs, si on reste dans ce lieu et que l'on s'y enferme, on ne comprend rien non plus... »

Quand Kanye West, poussé par mon agent qui arborait son sourire des grands jours – celui qu'il avait lorsqu'il me décrochait un très bon contrat –, est arrivé devant le juge, il a dit que nous ne nous étions jamais rencontrés dans le monde réel mais qu'à l'allure où allaient les choses cela ne tarderait pas. Le juge lui a demandé quel était notre lien et Kanye West a répondu : « Nous sommes noirs, vous comprenez, et nous sommes tous les deux des artistes, des créateurs. J'ai voulu témoigner (il s'est tourné vers mon agent plus que jamais satisfait de lui-même) pour cette unique raison : nous sommes l'ultime espoir du monde qui advient, nous autres artistes, les derniers êtres humains à embrasser l'humanité dans sa globalité. Mon histoire – et l'histoire de Kamil –, c'est celle de la frustration, de l'impossibilité d'être pleinement et de créer de façon absolue. » Le juge lui a demandé si, néanmoins, il considérait qu'il pouvait vivre dignement dans le monde actuel en tant qu'être humain et créateur. Kanye a fait oui, puis non de la tête. Le juge a lancé alors, exaspéré : « Eh bien, c'est oui ou c'est non ? » Et le rappeur, auteur-compositeur-interprète, producteur, réalisateur et designer américain, a répondu, en levant la tête et les yeux au ciel, que c'était là tout le problème. Après m'avoir *checké*, Jay-Z prit aussi brièvement la parole. Il cita le président américain Abraham Lincoln puis s'excusa parce qu'il était attendu ailleurs. Le juge curieusement n'y vit rien à redire.

Ce fut ensuite au tour de mon frère, Rédoine, qui tirait la tête. Il n'était clairement pas content d'être là. Il hésitait entre me regarder moi, le juge ou ma mère. Vêtu d'un jogging Fila noir avec un grand logo « F » blanc et rouge cousu sur la poitrine, de tennis Nike noires vintage et d'une paire de lunettes de vue légèrement fumées, il avait l'allure des vendeurs de shit des années 1990 mais n'affichait pas du tout la même désinvolture. Le juge lui a demandé si j'étais son frère et il a dit : « Oui, mon petit frère » ; puis il a ajouté qu'on était inséparables depuis l'adolescence et que personne n'avait intérêt à m'embrouiller ou à mal parler parce que ça serait chaud. Le juge a exigé des éclaircissements. L'œil méchant, Rédoine a rétorqué froidement que, si on me manquait de respect, aucune loi des hommes ne le dissuaderait d'user de violence. « C'est parce qu'on vient de la rue », a-t-il déclaré. On lui a demandé encore s'il saisissait toutes les subtilités de ma démarche artistique. Il s'est penché en avant vers le juge : « Que voulez-vous dire par "les subtilités de sa démarche artistique" ? » Le juge, légèrement énervé, a reformulé sa question : « Son idée d'utiliser l'art comme outil permettant de "faire peuple", vous y adhérez ? » Rédoine a dit : « Pour moi, monsieur le juge, mon frère, excusez mon langage, c'est un putain de rappeur, le meilleur en vrai ! Mais c'est clair qu'il est en mission, depuis qu'on est gamins. — En mission ? a questionné le juge. — Ouais, il veut changer le monde quoi ! » Le juge lui a demandé s'il avait quelque chose à ajouter. Alors Rédoine a cherché à savoir pourquoi on était là et quel crime j'avais commis exactement. Le juge a rétorqué : « L'Histoire des civilisations humaines est linéaire, ordonnée, elle consiste en la réalisation progressive de la Raison et de l'Idée de liberté humaine, et votre "petit" frère conteste ce point de vue. » Rédoine, qui regardait les taches qui recouvraient maintenant les trois quarts du visage du juge, a alors éclaté de rire et s'est tourné agacé vers moi. « J'en ai marre de tes conneries ! Finalement, avec tes trucs d'intello, ils vont t'amener en prison. T'as vu ? Comment vous dites déjà ? Ah ouais, c'est l'ironie du sort ! Putain de merde ! » Le juge a invité Rédoine à reprendre sa place. Et Rita a fait son apparition.

Enceinte d'au moins sept mois, elle portait une longue robe noire, avait les cheveux lâchés et les épaules dénudées. Sa poitrine avait remarquablement enflé. Elle était éclatante de beauté et j'ai eu envie de l'embrasser. Elle a expliqué que nous avions à peine vingt ans lorsque nous nous étions rencontrés et que onze ans après nous nous aimions comme au premier jour. Le juge lui a demandé ce qui s'était passé à New York. Rita a hésité puis décidé que cela ne le regardait pas. Le juge lui a fait remarquer qu'il était seul ici autorisé à déterminer la pertinence d'un tel propos. Il ne voulait en aucun cas être intrusif mais sa fonction l'y contraignait. Rita, imperturbable, lui a alors demandé de qui il tenait ses prérogatives et au nom de quoi était-elle obligée de répondre. Le juge a opposé d'un ton solennel qu'il tenait ses droits de la France des villages et des clochers et, s'est-il défendu en me fixant du regard, « lorsqu'on a la prétention de proposer un nouveau projet civilisationnel on doit être capable de se mettre entièrement à nu ». Rita m'a dévisagé à son tour avec tendresse, comme si je lui faisais pitié, et a tout révélé de la raison pour laquelle elle était venue initialement me rejoindre à New York. Elle a parlé de sa grossesse à la fois inattendue et inespérée, et du sentiment qu'elle avait que l'annonce de cet enfant m'avait ramené à la vie, même si officiellement je n'étais pas mort. Et si elle ne pouvait l'expliquer, elle en était convaincue jusqu'au plus profond de son être. Le juge voulait savoir si Rita avait confiance en moi. Elle est restée interdite un long moment, a fait lentement glisser sa main dans sa longue chevelure lissée à la brésilienne qui lui tombait sur les épaules, puis a expliqué que j'avais longtemps conçu le projet de me retirer du monde, considérant que nos sociétés, ne reconnaissant aucun principe supérieur, étaient dépourvues de tout moyen de produire de l'harmonie. Et qu'il y avait donc incompatibilité entre mon désir d'élévation et le monde dans son état actuel. Et puis, j'ai fait sa connaissance, a-t-elle déclaré. En outre, elle avait été la première femme que j'avais connue sexuellement. À cette évocation, je me suis mis soudain à pleurer, et Rita et ma mère en ont fait de même.

Peu s'en est fallu, l'auditoire étant submergé par l'émotion, qu'on n'entende pas Jibril qui a expliqué, ensuite, au juge qu'il se trompait à mon sujet et que lui me connaissait vraiment puisqu'il était mon frère cadet depuis toujours. Précisant, alors, que je ne voulais pas changer le monde et qu'en réalité je n'élaborais même jamais rien de durable, que j'agissais uniquement par instinct, motivé par un désir irrépressible de justice. Jibril a tourné le dos au juge et expliqué à la foule, qui l'écoutait à peine, que je n'avais pas la moindre fois travaillé en pensant à un futur quelconque parce que j'étais certain que nous n'avions de prise réelle que sur l'instant. Il a terminé en confiant qu'un jour je lui avais dit que cet espace infini qu'on avait devant nous était comme la promesse d'opportunités sans limite.

Et puis l'émotion, qui s'était presque totalement dissipée, s'est de nouveau abattue sur le tribunal quand ma mère en pleurs a pris la parole et rappelé que chacun était l'enfant de quelqu'un, que j'étais son fils et que le juge, qui était à présent rouge écarlate et commençait à perdre massivement ses cheveux, devrait avoir honte de me traiter de la sorte.

Finalement, ç'a été le tour de mon cousin américain. Franck m'a fait un clin d'œil avant d'affirmer comme Rita que ce tribunal n'était pas légitime et que nous assistions à un simulacre de procès. Mais le juge, qui s'était tassé sur lui-même et avait maintenant un visage abject, proche d'un verrat, péta ouvertement et a éructé littéralement qu'il n'en avait « rien à foutre » de ce qu'il pensait – mon cousin a mis la main devant son nez et sa bouche pour se protéger de l'odeur pestilentielle – et si Franck ne répondait pas à ses questions il verrait vite à quel point son « putain » de mandat était légitime. « Qu'est-ce que vous voulez savoir ? » a fini par demander Franck calmement, après avoir haussé les épaules. On l'a interrogé sur le lien qui nous unissait. « C'est notre vision du progrès. — Votre quoi ? a grogné le juge. — Notre vision du progrès, monseigneur », a-t-il ironisé. Le juge est devenu violet et l'a traité de « fils de pute ». Franck n'a pas sourcillé et a juste demandé s'il voulait qu'il précise sa pensée. Le juge en bave et en rogne a acquiescé. « Kamil et moi-même, poursuivit mon cousin, pensons que l'âge d'or de la France, et de l'Europe, est à la fois dans le passé et dans l'avenir pourvu que ne nous aveugle pas le chaos actuel et qu'on envisage la succession des événements, de la grande et de la petite histoire, de façon cyclique. Concernant le futur, le prochain âge d'or de la France sera le début d'un nouveau cycle. C'est pourquoi notre époque est celle où toutes les intelligences encore en vie se doivent de sortir du point de vue partiel et régler définitivement leur vision sur un point de vue global en réfléchissant à long terme. Car tous les embrasements, toutes les incohérences actuelles ne sont tels qu'en tant qu'on les considère en eux-mêmes de manière désolidarisée d'un tout, d'une globalité, dans lequel ils trouvent nécessairement leur sens. » La dernière phrase de Franck a résonné dans une salle subitement vide où régnait maintenant un silence de mort. C'est à ce moment-là qu'a foncé, droit sur moi, le juge, qui s'était changé en porc.

Je me suis réveillé brutalement, épuisé et en sueur. La nuit était tombée. Jamais rêve n'avait été aussi long.

VII

Haroun Tazieff

Troisième mois…

Les banquettes arrière des taxis sont des divans de psychothérapeute. Sur le trajet qui me menait à Aulnay-sous-Bois, dans la salle du Nouveau Cap – où mon ami Youce, le directeur du lieu, m'avait convié à prendre la parole à propos de mon ouvrage, même si celui-ci n'était pas encore paru –, je peux dire que j'ai vécu une véritable séance de médecine douce. Le chauffeur guadeloupéen – qui avait été autrefois DJ, à la grande époque des sound systems parisiens – m'avait reconnu et me regardait de temps en temps dans le rétroviseur tout en écoutant à la radio une émission où l'on débattait de la question du dérèglement climatique. Il secouait la tête en disant que pour parler il y avait toujours du monde, mais pour agir personne. Et c'était, selon lui, toute « la technique de Babylone ».

Parce qu'il faisait tout pour attirer mon attention, parce qu'il avait choisi la porte d'entrée de la pluie et du beau temps, et parce que je me sentais mal de le laisser parler dans le vent, je lui ai demandé ce qu'il pensait de l'écologie. Malgré la banalité de ma question, il a pris un air grave mais s'est empressé de répondre par un autre poncif qui n'en était pas moins vrai : « C'est un truc réservé aux bobos qu'ont les moyens de faire becqueter décemment toute leur famille. » En fait, il considérait comme tout le monde que, confronté à des problèmes de survie immédiats, il était normal d'avoir d'autres priorités que la fonte des calottes glaciaires. Alors je me suis tu, puisqu'il n'y avait rien à répondre à ça. Pourtant, un truc m'incommodait souvent, confusément, dans ce genre d'échange de trivialités quotidiennes, la prudence. Et bien que la bienséance nous invitât à une certaine retenue lorsqu'on s'adressait à un étranger, le regard franc, la bonhomie, je ne sais quoi mais quelque chose chez ce chauffeur de taxi G7, qui sentait le propre, me mettait en confiance. Ma langue s'est alors déliée sans l'intervention de ma conscience. « L'écologie, ai-je dit soudain, c'est une série d'obligations. » Le chauffeur n'a pas paru surpris et m'a fait un sourire dans le rétroviseur qui m'incitait à en dire davantage. « On ne doit pas prélever plus que ce qui est nécessaire. On ne doit jamais polluer. On ne doit jamais endommager. — En fait, vous voulez dire que l'écologie, c'est respecter la vie, c'est ça ? » C'était exactement ça, et au fond je pensais qu'on faisait peu de cas de la vie quand la nôtre n'était pas directement impactée.

Le chauffeur m'a demandé si je n'avais pas de temps en temps l'impression de prêcher dans le vide, en ma qualité de rappeur conscient. J'ai cité Albert Camus en lui disant que, même si le monde s'écroulait sous nos yeux, on devait exercer au mieux notre métier d'être humain, mais il n'a pas eu l'air convaincu. « Ouais mais quand même, est-ce que ça sert vraiment à quelque chose ? » a-t-il rétorqué. Ne pas renoncer était l'expression même de ma liberté et je tenais ma crédibilité humaine et artistique de ma cohérence, mais ces arguments-là aussi ne semblaient pas le captiver davantage. Son idée, si j'ai bien saisi ce qu'il m'a expliqué ensuite, c'est qu'on nous avait tous, collectivement, tellement lavé le cerveau que mon propos n'était peut-être déjà plus compréhensible. Il ne voulait pas me convaincre de quoi que ce soit. Comme il le disait lui-même : « C'est juste mon avis, vous savez, on n'a plus de valeurs. C'est Babylone. Tout le monde fait du business. Il n'y a plus d'âme. L'écologie, ça concerne tout le monde, pas juste un parti. C'est Nicolas Hulot qui aurait dû être Premier ministre ou même président parce que soit on se base vraiment sur ce qui est durable soit on se base sur les délires des hommes. Du genre produire des richesses qu'une minorité garde pour elle. Vous voyez ce que je veux dire ? Et au final on se retrouve avec des gens qui possèdent tellement qu'ils orientent l'Histoire dans la direction qu'ils veulent et personne peut rien dire même si on fait genre. »

Il résumait assez bien avec ses mots à lui ce que je pensais et finalement ce qui me motivait. La quête de justice était mon unique moteur et la gestion équitable du bien commun devait être, de mon point de vue, la priorité absolue de toutes les organisations internationales de la planète. J'ai placé le mot « éthique » dans une de mes phrases, alors il a bondi derrière son volant : « Des gars comme vous, on en fait plus ! Je vous jure. Les gens aujourd'hui cherchent à s'enrichir par tous les moyens, quitte même à capitaliser sur ce qui est indispensable à la survie de tous. Tout le monde trouve ça normal et vous, vous parlez d'éthique, d'éducation ! Franchement, chapeau. J'avais plus entendu un truc pareil depuis les Saï Saï, les Daddy Yod, les Tonton David et tous les rastas de mon époque. » C'était la société du temps-argent qui, selon moi, nous avait dépossédés de la connaissance la plus rudimentaire contre une morale de rappeur-gangster-playboy-entrepreneur. Et cette ignorance banalisée affectait tout le monde, même ceux qui socioculturellement parlant n'avaient, en apparence, strictement rien à voir au départ avec la rue et le rap. Il a soupiré avant d'éclater de rire en disant qu'une bonne catastrophe ou une grande pénurie alimentaire ne serait pas malvenue pour nous remettre collectivement les idées en place et nous aiderait une bonne fois pour toutes à distinguer le nécessaire du superflu. Je ne sais pas pourquoi, cette pensée m'a donné envie de mourir ou plutôt de n'avoir jamais été manifesté à l'existence et, curieusement, cette impression m'a apaisé.

J'ai été accueilli à Aulnay comme si j'allais y faire un concert. La salle, pleine à craquer, crépitait d'énergie. Et à peine avais-je mis un pied sur la scène qu'une pluie d'applaudissements s'abattit sur moi. Seul en scène, je n'en revenais pas. Alors qu'il était de bon ton de dire que la jeunesse des banlieues ne s'intéressait pas à la littérature, et même si la fréquentation de Rufus n'était pas totalement étrangère à la présence de ce jeune public venu en masse, je m'apprêtais simplement à lire un texte, à voix nue, avec pour seul artifice le grand pupitre de chef d'orchestre sur lequel j'ai déposé mes feuillets.

LIVRE II. FAIRE PEUPLE

Juliette Gréco appartient à cette lignée d'artistes qu'on qualifie d'« interprètes », sans réellement saisir la portée de cette appellation, parasitée par celles et ceux qui s'en réclament à tort dans le show business français actuel. Et ce n'est pas parce que certains se proclament interprètes qu'il est sûr et certain qu'ils sachent ce qu'est l'interprétation véritable, dans la chanson, dans la poésie, dans l'art et surtout dans la vie. Il faut craindre ces distorsions de langage, qui révèlent une fâcheuse perversion des desseins concordants. D'ailleurs, malgré les fantasmes et les illusions de succès dans lesquels trop se délectent, ce ne sont bien sûr pas les voitures de luxe, les maisons immenses et les comptes en banque double XL qui suffiront à rendre les êtres doués pour l'existence. En outre, il faut bien plus qu'une simple réussite économique et sociale ostentatoire pour se targuer d'être interprète (ou pas), car dans ces cas l'imposture n'a d'impact que sur l'extérieur et n'accroît d'aucune façon un talent réel ou supposé.

Pour être un « interprète » authentique, il s'agit d'incarner et donc de revivifier pleinement dans toutes ses fonctions, dans tous ses états, ce fameux héritage primordial vivant dont nous parlions plus haut et ce n'est qu'en étant fille ou fils de l'instant, perpétuellement dans un élan d'empathie, de partage, de dialogue et de Vie, débarrassé de toute forme de peur et de cette nostalgie passéiste toujours criminogène, que cela est possible ; c'en est même la condition *sine qua non*. C'est ce qu'il faut intégrer si l'on désire apprécier l'univers de cette femme, en tant qu'artiste et être humain, que le mythe et la légende ont nommée la muse de Saint-Germain-des-Prés.

Le hip-hop, qui est le seul mouvement culturel et artistique de fond à avoir émergé récemment, certifie mon point de vue. Mais si ce mouvement a prouvé depuis quarante-cinq ans – si l'on compte à partir de sa naissance à New York – son efficacité à pointer, par toutes ses expressions esthétiques, les inégalités et les injustices de l'époque, il se développe et se fourvoie régulièrement dans ses propres paradoxes liés exclusivement au désir d'épanouissement matériel et à l'emploi normalisé d'une certaine forme de violence, dans les contours d'un horizon mental, intellectuel et spirituel de plus en plus limité. Et ce ne serait pas rien si les tenants de la culture et de l'érudition, disons institutionnelle, n'étaient plus unanimes à déconsidérer un humanisme – puisque le hip-hop en est un – dont ils ne seraient pas à l'origine.

« Je ne me suis pas variété simplement j'ai fait venir les quartiers riches dans nos rues

Qu'ils saisissent nos luttes et comprennent qu'on meurt comme eux lorsqu'on nous tue »

(Jay-Z / « *Come And Get Me* »)

La première fois que j'ai travaillé avec Gérard, j'ignorais qu'il ne reconnaissait plus de poète en France et qu'hormis pour Miossec il n'éprouvait pas grand-chose à l'égard des auteurs-interprètes arrivés à ses oreilles. Après avoir collaboré exclusivement avec Brel, brièvement avec Barbara et ensuite essentiellement avec Gréco, la barre était haute, trop haute sans doute pour cocher toutes les cases qui faisaient pour lui instinctivement d'un artiste un grand. Si j'avais su cela, je n'aurais même pas osé rêver frapper à la porte du couple mythique que formaient Juliette Gréco et Gérard Jouannest. Question d'humilité essentielle et de fidélité je crois, et à soi-même d'abord.

Je suis tombé amoureux de celle qui deviendrait mon épouse parce que c'était une poétesse. En plus de savoir écrire la rue, elle chantait comme une Édith Piaf qui aurait grandi en banlieue. Rita était née en Seine-Saint-Denis, dans le 9.3 comme on dit, et avait été élevée dans une cité de Bobigny en traînant, dans les profondeurs de son être, la folle déchirure d'un peuple et de son histoire ; et cette plaie toujours béante faisait entendre, dès ses premières compositions, toute la détresse des bidonvilles parisiens où avait été parquée sa famille originaire du Maroc, bien avant sa naissance, lorsqu'ils débarquèrent en

France. Par une approche artistique originale qui mêlait chanson et rap, Rita n'allait jamais cesser de rendre hommage à la fois à la chanson française des faubourgs parisiens, au blues et au rap de tous les ghettos de la planète. Elle m'expliquerait plus tard que remercier implicitement ou ouvertement ses modèles signifiait se protéger de son propre ego, l'ennemi absolu selon elle. Un ego synonyme d'illusion susceptible de nous faire littéralement tout perdre tout en réussissant à nous convaincre du contraire. Tous ses albums disaient en creux que le combat le plus redoutable de l'existence était celui contre nous-mêmes, que l'ennemi, caché en embuscade, était bien tapi entre nos côtes. De nombreux albums de rap français sortis un peu avant le sien ou à la même période eurent un impact colossal sur la communauté hip-hop de l'Hexagone et même européenne.

Rita applaudissait, bien sûr, le succès de ce genre musical qui l'avait portée et lui donnait sa voix, mais estimait aussi qu'une œuvre poétique, si elle s'inscrivait dans le banal et le quotidien, ne faisait sens que si de cet opus profane émanait puissamment une aura sacrée.

Assis devant le piano de Gérard à écrire le premier texte de notre collaboration, *L'Alchimiste*, sur les arpèges si typiques de ses compositions, c'est bien cette dimension spirituelle que j'avais dans le cœur et dans la tête. Ce jour-là, après avoir terminé et lu mon texte la voix tremblotante à Juliette, accompagné par un Jouannest tout sourires au piano, j'ai compris le sens profond, dans ma chair d'enfant de cité

HLM, du mot « reconnaissance ». La puissance salvatrice du regard positif porté sur soi par un être qu'on estime. L'enthousiasme se répandait sur le visage de Juliette au fur et à mesure de ma lecture et Gérard dit simplement à la fin : « Ah là là là là, ta manière d'écrire et de travailler me rappelle Jacques... Je crois que c'est reparti alors ! »

Lorsqu'on dit à quelqu'un qu'il est beau, il finit par le croire, par le devenir, et par agir en conséquence, mais cette vérité a son pendant négatif, je l'ai souvent constaté dans la cité. La bienveillance est aussi le signe de la filiation, et si le lien générationnel est absolument nécessaire, c'est parce que la transmission constitue l'antidote à toutes les formes de médiocrité. Mon histoire personnelle est un argument implacable pour défendre l'idée de la transmission culturelle en tant que médium ultime pour rétablir un imaginaire collectif sur le terreau duquel, malgré (ou plutôt avec) nos différences extérieures, on pourra enfin véritablement faire peuple.

Le début de ce mois d'août était caniculaire et chaque villa de Ramatuelle siestait, assommée par la chaleur lourde. Après un déjeuner en tête à tête, le majordome accompagna Juliette jusqu'au grand salon puis l'aida à quitter sa chaise roulante pour s'allonger sur le canapé, face au splendide jardin surplombant une Méditerranée constellée de minuscules vagues scintillantes. D'où nous étions, la vue était phénoménale. Une douce brise bienfaisante nous caressait le visage. Le moment était parfait.

Bien que diminuée depuis l'accident vasculaire cérébral qui l'avait obligée à arrêter sa tournée d'adieu, et après avoir perdu coup sur coup sa fille unique, sa nièce et l'homme de sa vie, Gérard Jouannest, quatre mois plus tôt, Juliette ne s'était pas départie de son incroyable sens de l'humour ni de sa vivacité intellectuelle. Si le corps fonctionnait au ralenti, tout le reste demeurait intact. Les mots d'esprit fusaient à la moindre occasion, et Juliette Gréco restait donc Juliette Gréco. Nous souhaitions maintenant tous les deux je crois juste profiter de l'instant et de la présence.

Je me souvins de la première fois où j'étais venu dans cette somptueuse maison, douze ans plus tôt, nous nous étions amusés comme deux enfants à composer et à écrire Gérard et moi sous le regard réjoui de Juliette. La maison était pleine de monde cette fois-là. Il y avait toujours eu du monde autour de Juliette Gréco et, maintenant que ce n'était plus le cas, même si elle n'en parlait pas, je crois que cela lui manquait. Mais elle m'avait répété souvent avec grande conviction qu'on s'habituait à tout, alors je suppose que ce mantra devait bien l'aider désormais. C'est elle qui, d'abord, m'avait parlé de la solitude un jour que nous déjeunions au Lutetia à Paris. Elle m'avait dit que c'était la chose dont tout le monde se plaignait mais que dès sa moitié rencontrée cette souffrance prenait définitivement fin. Je lui fis remarquer qu'elle en avait pourtant changé plusieurs fois de moitié. « Mais, m'a-t-elle dit, c'est précisément parce qu'ils n'étaient pas mes moitiés. — Comment tu l'as su ? — L'ennui, Kamil, l'ennui. On ne peut pas s'ennuyer avec sa véritable moitié. » J'ai réfléchi. Je lui ai demandé : « Donc, tu ne t'es jamais ennuyée avec Gérard ? — Pas une seule fois en trente ans, s'est-elle empressée. Même si j'ai eu une autre véritable moitié avant lui mais ça n'a pas fonctionné. — Ah bon, ai-je dit, qui donc ? — Miles... Miles Davis, le seul homme à avoir rompu avec moi. La seule fois de ma vie où ça s'est passé dans ce sens. J'étais sa moitié aussi, pourtant... Mais la drogue et tout ça, frissonna-t-elle. C'était il y a longtemps. » L'histoire d'amour bien que brève, mais largement documentée, entre Juliette Gréco et Miles Davis a eu un impact remarquable sur ma vision d'un certain récit franco-américain. Si le couple mythique, que formèrent cette déesse grecque et ce dieu égyptien, fut pour l'avant-garde de la seconde moitié du XXe siècle, à de nombreux égards, aussi emblématique que celui formé par Simone de Beauvoir et Jean-Paul Sartre, ils furent pour moi, ensemble puis dans leurs carrières respectives, la manifestation de la musique et de la poésie la plus rigoureuse panachée de glamour, et la manière dont elle pouvait prendre le pouvoir sur le monde et le façonner.

Au bout de ce silence plein, Juliette me demanda : « Tu en es où de ton long métrage ? — J'y travaille, dur. — Oui, continua-t-elle, c'est dur, la poésie, de nos jours. Et puis, elle a toujours du mal à se faire entendre, la poésie, au début. Jusqu'à ce que quelqu'un démontre par une œuvre exigeante mais populaire que la poésie est partout. Et que c'est pour cette raison que le vrai poète n'a jamais tort. — C'est vrai, me suis-je exclamé, il suffit juste d'un seul ! — Exactement, regarde Prévert, Kosma et Carné. Aujourd'hui, c'est un peu plus compliqué mais ils comprendront. La grande poésie finit toujours par se faire comprendre. Il faut juste de bons interprètes… »

Lorsque j'interrompis ma lecture, je fus cueilli par des salves d'applaudissements. Je levai la tête sur la salle debout et le visage de mon frère Jibril m'apparut. Je me souvins de ce jour où, lorsque nous vivions encore dans la cité, j'étais entré dans sa chambre et l'avais surpris en train de punaiser soigneusement au mur une photo de lui enfant. Il m'avait expliqué qu'il accrochait cette photo pour se souvenir de ce petit garçon. Pour ne jamais oublier qu'il était toujours cet enfant espiègle et qu'il devait tout faire pour ne jamais le laisser disparaître. Parce que l'amnésie était, en définitive, la pire des infections si elle pénétrait le cœur des femmes et des hommes. Dans les loges, après nous être remémoré des souvenirs d'une époque pas si lointaine où, avant de se laisser supplanter par la séduction des billets de banque, la poésie embrassait tout, j'ai échangé avec mon vieil ami Youce – que je savais, derrière son déguisement social, esthète, passionné de vieille chanson française, de soul américaine et de prosodie monde –, échangé aussi à propos d'Arthur Rimbaud, sa fulgurante carrière, de sa perte du feu sacré corrompu pitoyablement par l'appât du gain. Passant ainsi de voyant à amblyope.

En sortant de la salle, une foule encore nombreuse m'attendait. J'échangeai longuement avec celles et ceux qui la composaient et les voir si heureux me rendait moi-même fou de joie. Une jeune fille noire d'à peine seize ans qui me dépassait de deux têtes, après un selfie de rigueur, m'expliqua que si BFM, au lieu de mettre des « conneries » en boucle, parlait de ce genre d'événement avec le même acharnement, le monde ne serait peut-être pas meilleur mais « vraiment moins moche ». J'étais d'accord. Tout ça changerait un jour, lui ai-je répondu, c'était obligé. D'après elle, on lui disait ça depuis sa naissance et elle attendait toujours.

J'avais moi-même à peu près son âge quand j'avais vu à la télé un reportage sur le volcanologue Haroun Tazieff qu'on voyait assis en compagnie des membres d'une tribu d'une contrée reculée dont certains dansaient fiévreusement. Au réalisateur, le célèbre scientifique expliquait que ce peuple – qui vivait au pied d'un volcan susceptible, à tout moment, d'entrer en éruption et d'en effacer la moindre trace – avait un sens aigu du lien entre la fête et sa propre finitude. Aussi chérissait-il chaque moment de son existence car celle-ci ne tenait en fin de compte qu'au bon vouloir de ce volcan pour l'heure endormi. Au fond dans toutes les cultures nous dansions pour conjurer la mort. Et si chaque être humain avait conscience qu'on vivait tous, finalement, au pied d'un volcan, sans doute notre planète serait-elle l'endroit le plus cohérent et le plus paisible de l'univers.

VIII

La formule

Sixième mois…

Même si l'on n'a pas conscience de sa propre résurrection, il est formidable de se sentir en vie. Alors qu'encore allongé je textais sur WhatsApp avec mon agent, en regardant les légers rayons de soleil matinaux qui striaient le ventre rebondi de Rita endormie dans notre chambre, je peux affirmer que j'étais absolument heureux. En tout cas, porté par une émotion d'une autre nature que celle de mon agent, à Londres pour affaires, qui m'écrivait à 6 h 37 du matin que les génies mouraient toujours seuls, incompris et sans le sou, qu'il avait d'autres projets pour moi et qu'il fallait que je réécrive un pan entier de mon futur livre.

Il m'avait envoyé pléthore d'emojis pour m'alerter sur le caractère insondable pour les non-initiés de ma réflexion à propos du hip-hop. Précisément parce qu'il s'agissait de la culture qui rapportait le plus d'argent au monde, il fallait veiller à être « digeste ». Mais, à mon sens, un livre s'écrivait avec son lecteur, et il y avait un effort à fournir de part et d'autre. Alors que je tapais sur le clavier de mon iPhone qu'on ne comprenait pas tout dans la vie, que ce n'était pas grave et que la complexité faisait partie du processus, Rita ouvrit les yeux, me fit un sourire et me demanda si mon message était plus important que le sommeil. Mon agent essaya encore de me convaincre mais je décidai de l'envoyer balader, persuadé que, s'il ne comprenait pas ma démarche, il ne servait à rien d'échanger davantage.

Un peu plus tard dans la matinée j'ai demandé à Rita si elle voulait qu'on se promène au jardin des Tuileries après le déjeuner. Elle avait envie de faire d'une pierre deux coups, et préférait un pique-nique aux Invalides. Dans le wagon du métro ligne 8, elle m'a dit qu'elle était heureuse et m'a demandé si je l'étais aussi. Je lui ai dit que je n'arrivais pas à croire qu'on allait avoir un enfant et que forcément ça me mettait en joie. Comme elle souhaitait savoir qui, du futur enfant ou d'elle, me comblait le plus, j'ai répondu : « Ta question est injuste. » Elle a cessé de sourire et n'a plus prononcé le moindre mot. J'ai voulu lui parler de mon désaccord avec mon agent, mais je me suis abstenu, craignant qu'elle me reproche de ne penser qu'à moi. Mon regard est tombé sur le grand panier en osier qui contenait nos victuailles et j'ai plaisanté en lui faisant remarquer qu'on était tout sauf ghetto. Elle a ri.

Sur la pelouse, après avoir mangé une salade et bu de l'eau pétillante aromatisée au citron, Rita avait posé sa tête sur mes genoux. Je lui caressais les cheveux. Le soleil était haut, et personne ne faisait attention à nous. « Et pourquoi pas le soufisme ? m'a-t-elle dit (j'avais fini par l'informer du miniclash avec mon agent). Les gens ne savent pas vraiment à quel point ce thème t'anime. Et puis la spiritualité a le mérite de parler à tous. » On est rentrés en milieu d'après-midi et, jusqu'au soir, les mots de Rita n'ont cessé de résonner dans ma tête.

Le lendemain matin, Rita était partie tôt chez sa gynécologue. L'appel de Rufus pour m'annoncer qu'il venait d'arriver lui aussi à Londres pour y jouer exceptionnellement la pièce musicale dans laquelle il tenait le premier rôle, et qui cartonnait depuis de nombreux mois à Broadway, me réveilla et me remplit de fierté. C'était la première fois qu'il venait en Europe et il voulait absolument s'entretenir avec moi. C'était une question, selon lui, « de vie ou de mort ». J'ai envoyé un message vocal à mon agent pour savoir s'il était encore en Angleterre. Il m'a texté « Oui » et après m'être tourné et retourné dans mon lit, j'ai décidé de les y rejoindre. Mon agent était parti à Londres assister une de ses clientes en tournage et finaliser un important contrat de partenariat avec une grosse boîte anglaise. J'ai petit-déjeuné en vitesse et préparé ma valise. J'aurais préféré attendre Rita pour lui expliquer ma décision mais je me suis dit qu'elle m'en dissuaderait à cause du bébé ; alors j'ai choisi de l'appeler de la gare du Nord. Après tout, je serais absent moins de quarante-huit heures. Je suis tombé sur son répondeur et j'en ai été soulagé. Après avoir passé la douane, me rendant dans la salle d'attente, mon regard s'est posé sur la couverture d'un magazine scientifique qui opposait métaphysique et surnaturel. Ce qui m'a amené, une fois assis, les yeux dans le vide, à méditer le conseil de Rita. La métaphysique et le surnaturel, contrairement à ce que pensait notre époque scientifique et rationnelle, étaient deux termes parfaitement similaires. Ne fallait-il pas être capable de transcender le monde actuel pour saisir réellement l'esprit ? Bien sûr, la question du dépassement de la matière se posait mais, même si la réponse était évidente pour tous ceux comme moi qui croyaient en l'Amour, dans son acception la plus intérieure, aucune preuve n'était plus probante dans ce domaine que l'expérience vécue. C'était la raison pour laquelle je n'avais jamais voulu approfondir avec les gens la question de la religion et de la spiritualité, car, lorsque l'on possède profondément cette connaissance, quel profit et quelle utilité pouvaient avoir toutes ces chamailleries à leur sujet ? Enfin, remplacer le savoir lui-même par la simple étude du savoir, n'était-ce pas la confirmation du non-sens absolu de la philosophie moderne ? Finalement, est-ce que Rita avait raison ? Pouvais-je vraiment écrire sur l'incommunicable ? Si je voulais réellement aborder frontalement la chose spirituelle, il faudrait que je me mette entièrement à nu dans ce livre. Que je me dévoile comme je ne l'avais jamais fait auparavant et que je donne concrètement, à tous, les outils nécessaires pour accéder au degré de conscience et de connaissance auquel j'étais moi-même parvenu.

J'ai déjeuné dans le restaurant de l'hôtel, près de Victoria Station. Mon agent est alors entré et s'est assis en face de moi, comme si de rien n'était, sans même me dire bonjour. Il avait les traits tirés et les yeux enfoncés dans le visage. Il a enlevé sa veste et a appelé, d'un anglais sans accent, le serveur. Il a commandé sans hésiter puis a rangé dans son sac en cuir noir le *Hollywood Reporter* qu'il avait posé sur la table en arrivant. Il m'a ensuite regardé longuement avant de me demander si j'avais fait bon voyage. Il ne m'a pas laissé le temps de répondre et m'a questionné sans transition à propos de la réécriture de mon livre. Son plat lui a été apporté et il s'est précipité dessus comme s'il n'avait pas mangé depuis plusieurs jours. Il s'est essuyé ensuite la bouche avec soin et a bu son verre de vin rouge à petites gorgées. « Depuis combien de temps travaille-t-on ensemble ? m'a-t-il demandé. — Presque vingt ans, ai-je répondu. — T'ai-je déjà donné un conseil foireux ou mis une seule fois en galère ? — Non, ai-je continué. — Alors réécris, s'il te plaît ! » Je me suis dit que c'était un mec bien et – pour le mettre à l'épreuve et savoir, avant de m'ouvrir, à quel point il était convaincu – je lui ai rappelé que j'étais un B-boy, que les mots étaient importants et que je me devais de représenter. « Représenter qui ? Représenter quoi ? » a-t-il répété en voulant savoir, ensuite, ce que ça voulait dire au juste « B-machin ». Le fond de sa pensée, si j'ai bien saisi la leçon qu'il me fit ensuite, c'était que – bien qu'il le regrettât – les mots n'avaient plus aucun sens et que c'était le marketing qui véhiculait désormais les idées. C'était à cause de ce genre de « conneries » qu'il s'était remis à fumer. Puis il a posé son visage sur les paumes de ses mains ouvertes en riant nerveusement.

Après un long silence, je lui ai dit que Rita pensait qu'écrire sur la spiritualité était porteur aujourd'hui. Qu'elle croyait en outre que le rap se vendait beaucoup mieux en streaming qu'à l'écrit et que la spiritualité était consubstantielle à l'objet livre. Mon agent est resté silencieux mais je voyais bien que j'avais touché dans le mille. Il m'a demandé soudainement d'une voix calme si je savais l'impact que Richard Gere avait eu dans sa vie. J'ai souri. Les parents de mon agent l'avaient eu tard, et son père était mort alors qu'il n'était pas encore adolescent. Il avait été marqué par *Pretty Woman*, le film où Richard Gere partageait l'affiche avec Julia Roberts au début des années 1990. Sans savoir tout à fait pourquoi, il s'était pris de passion pour l'acteur américain, en tant qu'artiste et en tant qu'être humain. C'était la raison pour laquelle il était devenu agent et qu'il s'était intéressé très naturellement au bouddhisme et aux doctrines hindoues. Finalement, m'avoua-t-il, « j'ai lâché parce que mon ego est trop puissant ». Il avait été heureux sur les traces de Richard Gere et de sa propre pratique du bouddhisme tibétain. Les mantras, la répétition de la lettre Om et toutes les pratiques méditatives dont il avait été familier pendant de nombreuses années avaient fait longtemps partie de lui. Mais quand sa mère était morte, il avait voulu prendre du recul, car ce qu'il avait pris pour des acquis s'était révélé incapable de l'aider à faire le deuil. Alors, il s'était réfugié dans le travail et « le concret ». Il pensait être désormais loin de toute considération ésotérique. Mais depuis qu'il était arrivé à Londres, quelques jours plus tôt, tout semblait l'y ramener. « Les représentants de l'agence anglaise avec laquelle j'essaie désespérément de m'associer ne me parlent qu'en énergie, mouvements des planètes et vibration. Franchement je les aurais envoyés balader et vite fait s'ils ne pesaient pas autant dans le métier. » J'ai voulu temporiser mais mon agent m'a regardé comme si je me fichais de lui. « Et l'actrice avec qui je bosse me dit qu'elle n'acceptera aucun rôle sans l'aval "vibratoire" de sa coach. Et toi tu me parles d'écrire un livre mystique. Faut que je me rende à l'évidence… » En fait, chaque jour, depuis qu'il ne pratiquait plus, il se disait en secret qu'un livre, mêlant pop culture et spiritualité, qui pourrait donner de vraies clés à des gens comme lui qui croyaient savoir, ferait un carton. Mais, selon lui, il n'était pas du tout sûr que je sois prêt à écrire ce genre de livre, même si Rita pensait le contraire.

J'ai ressenti soudainement un énorme coup de barre, une petite sieste ne me ferait pas de mal. De son côté, mon agent devait retourner négocier avec les « hippies ». Il conclut que j'avais de la chance d'avoir Rita dans ma vie. Elle était mon *upaguru*, c'est-à-dire cet être dont la rencontre est l'occasion ou le point de départ d'un certain développement spirituel. Je lui ai répondu que, s'il voulait être absolument précis dans l'emploi du terme *upaguru*, il devait admettre que ma rencontre avec lui, il y avait presque vingt ans jour pour jour, était tout aussi déterminante. Je lui ai fait un clin d'œil en me levant de table. Dans ce cas, pensait-il, j'étais peut-être prêt et de toute façon le monde aspirait à un changement profond. « D'ailleurs, ai-je ajouté, il est temps que cesse toute forme d'illusion. – Oui, m'a-t-il dit, c'est la fin d'un certain monde qu'on attend tous. »

Le sommeil m'envahissait de toute part. Ma vie était en train de prendre une tout autre direction et l'écriture de ce livre en était l'allégorie. Pour la première fois de ma vie, j'ai ressenti que le sommeil était comme une petite mort et j'ai su qu'à mon réveil plus rien ne serait comme avant. J'ai plaisanté en partant : « Je dirai à ma dame tout ce que tu viens de me raconter, si elle me reproche mon escapade britannique. — Tu parles d'un preux chevalier ! »

Lorsqu'on m'a introduit dans la loge de Rufus, une femme noire d'une soixantaine d'années en sortit en me souriant. Rufus était assis à l'extrémité d'un canapé gris, en peignoir, les yeux fermés et la tête penchée en arrière. Il y avait d'énormes et splendides bouquets de fleurs partout dans la pièce. Il n'a pas bougé, a juste regardé dans ma direction et m'a dit que je venais de croiser la fameuse Susan Batson. Il m'a dit : « Je lui dois tout à cette femme. Elle est fière de moi et moi je suis fier qu'elle soit fière. » J'ignorais tout du jeu d'acteur de Rufus avant qu'il ne la rencontre, mais il fallait reconnaître qu'il nous avait tous époustouflés ce soir.

La lune pleine tombait sur l'asphalte et de rares voitures circulaient encore. Dans les appartements les lumières s'éteignaient et d'autres s'allumaient. On entendait à peine le bruit du vent léger qui secouait les arbres. Rufus et moi marchions doucement mains dans les poches. Quand je le questionnai sur la jeune Française avec qui nous avions dîné à New York, il fit un mouvement de la bouche et de la main signifiant à la fois qu'il ne savait pas et qu'il n'en avait pas grand-chose à faire. Sa vie affective semblait toujours aussi compliquée et ce n'était pas à ce sujet qu'il voulait s'entretenir avec moi. De temps à autre, Rufus levait le visage vers les étoiles en soupirant. Il avait pris de l'épaisseur depuis la dernière fois que nous nous étions vus. Et je n'en étais pas surpris. Il m'avait appelé quelquefois, après mon retour à Paris, puis de plus en plus souvent. Et, bien que ce ne fût que pour prendre des nouvelles, la consistance de ses coups de fil et de ses textos, de plus en plus rapprochés, me laissait deviner une évolution positive. Il ne savait pas pourquoi mais c'était comme si quelque chose de puissant nous liait lui et moi, une expérience commune qu'aucun mot et aucun souvenir ne pouvaient définir.

Je ne savais absolument pas où nous étions, j'ai pensé que les rues de Londres se vidaient tôt et puis j'ai regardé ma montre et me suis aperçu qu'il était tard. C'est à ce moment-là que Rufus a déclaré qu'il souhaitait avoir mon avis, que c'était très important, que j'étais un bonhomme, un sage, qu'il l'avait ressenti tout de suite, et qu'il s'était renseigné sur moi à plusieurs reprises depuis notre rencontre. Il était convaincu que moi seul pouvais l'aider.

Je suis resté silencieux et il m'a demandé si j'étais un homme de Dieu. J'ai souri et il a souri aussi. Il a sorti les mains de ses poches et, tout en les frottant, il a commencé à m'expliquer son affaire. « C'est Louis Farrakhan en personne et la Nation of Islam qui ont réglé mon problème. » Il avait été victime de deux tentatives d'assassinat, celle de New York et une autre à Washington – qui avait eu un fort retentissement et l'avait rendu aussi célèbre dans le monde entier que s'il avait fait un tube international. « Après, j'ai éprouvé une sensation étrange et j'ai compris que j'étais simplement bien. Pour la première fois de ma vie personne n'en voulait plus à mon existence. Tu comprends ? » Il avait vécu depuis toujours avec l'idée qu'on puisse l'assassiner à n'importe quel moment et cette impression venait brusquement de disparaître grâce à l'arbitrage du mouvement religieux noir américain qui avait compté dans ses rangs, avant qu'ils ne le quittent et se convertissent à l'islam orthodoxe, des figures aussi illustres que Malcolm X ou Muhammad Ali. « En plus de mon travail avec Susan pour le musical à Broadway, je me suis mis à lire sur la doctrine de la Nation et celles plus ou moins liées comme celle des Five Percenters et d'autres encore. J'ai lu sur l'islam orthodoxe, sunnite, et le chiisme aussi... Et bien que toutes ces lectures soient passionnantes, elles m'ont totalement déboussolé. Je comprenais pourtant que, si je voulais vraiment être en phase, en résonance avec moi-même et le monde qui m'entoure, il fallait, il faut que je fasse quelque chose. J'ai le sentiment profond que je dois faire un choix mais lequel et comment choisir ? » Il ne m'avait pas regardé un instant tout au long de cette confidence. Je le sentais sincère et totalement perdu. Je comprenais à présent ses fréquents appels et l'hésitation dans sa voix au moment de raccrocher, comme s'il ne savait ou n'osait s'exprimer sur la réelle nature de son appel.

Une détresse profonde imprégnait maintenant son visage. J'étais extrêmement embarrassé. Que devais-je faire ? Lui dire que l'autorisation que j'avais reçue d'invoquer la formule « Il n'y a pas d'autres réalités que la Réalité » avait fini, après vingt ans, par m'imprégner, *in extenso*, physiquement, psychologiquement, mentalement et physiologiquement, c'est-à-dire jusque sur le plan cellulaire ? Aurait-il compris que la grande ouverture vécue après la prière de l'aube dans un petit village reculé de l'oriental marocain m'avait saisi. Aurait-il compris que la connaissance, au sens de réalisation spirituelle, était une fleur pour ce monde mais un simple bourgeon pour l'autre ? Que toute réalisation effective en ce monde n'était qu'un préalable, une graine contenant en puissance l'arbre du monde futur ? Que tout était illusion sauf la Réalité ultime ? Que toutes nos dévotions, toutes nos actions sacrées ou profanes n'étaient que la manifestation du désir de la Réalité pour elle-même ? Que les causes secondes *in fine* avaient pour seul but de nous faire prendre conscience qu'il n'y avait précisément pas de causes secondes ? Qu'il n'y avait que la Réalité de toute éternité ? Que ce monde n'était qu'un reflet plus ou moins déformé de la Réalité ? Qu'il n'y avait qu'elle, que sa Face embrassait toutes choses, que rien n'existait hors d'elle ? Que lui-même Rufus, ou n'importe qui d'autre, n'était qu'une simple réverbération et que moi-même, c'était expressément en tant que tel, en tant qu'écho, que j'avais pris conscience, par le moyen de l'invocation, de la Réalité et, ainsi saisi, que j'avais toujours été, moi, cette Réalité même et que c'était cela la réalisation ? Mais que ce processus, débuté par l'invocation – qui menait à la conscience d'avoir finalement été soi-même dès le commencement l'objet même de sa propre quête –, n'avait au fond pas été mis en place ? Que la Réalité, le Tout, était tout bonnement sans processus, sans étapes ? Que la Réalité, le Tout, était en Soi et que son seul reflet – nous autres en tant que manifestation – percevait les choses de façon parcellaire ? Que, du point de vue de la Réalité, rien n'était avec elle ou plutôt que la manifestation n'était pas autre chose que la Réalité elle-même ?

Et si lui, Rufus, était si confus, c'était parce que, quand la Réalité s'ignorait elle-même dans son reflet, il s'agissait là d'une autre connaissance d'elle-même ? Que ce que Rufus vivait comme ignorance était une autre forme de savoir, précisément parce que la Réalité était sans limites ? Au fond, avais-je le droit de lui dire que le maître éducateur soufi – qui a l'autorisation de donner à quiconque l'invocation de la formule – faisait ce qu'il voulait de ce secret, mais que ce qu'il voulait allait toujours en direction de l'enseignement et de l'élévation des êtres, et que tout cela était rendu possible grâce à la formidable puissance vibratoire de cette formule secrète ?

« *La ilaha illa Allah* », ai-je répété en moi-même, en arabe, la langue dans laquelle j'avais entendu prononcer, pour la première fois précisément, cette maxime : « Il n'y a pas d'autres réalités que la Réalité. »

La ruelle fortement éclairée me semblait blanche à présent. Nous nous déplacions d'un pas égal à travers une ville que je ne connaissais pas. Nous avons débouché soudain sur un grand axe beaucoup plus animé. Une jeune femme en couple, qui avait reconnu Rufus, lui fit un grand signe de la main, mais Rufus, perdu dans ses pensées, ne vit rien. Le couple, qu'on avait pourtant dépassé, fit demi-tour et revint à la charge. Le compagnon de la jeune femme interpella Rufus pour le féliciter sur sa prestation, c'était un grand acteur. Je les ai pris tous les trois en photo puis les amoureux, aux anges, se sont éclipsés. Rufus a alors changé brusquement d'expression, s'est tourné vers moi et m'a dévisagé comme s'il me sommait de m'exprimer.

J'ai décidé de parler au rappeur de Chicago de manière allusive. En prenant un exemple qui, je l'espérais, après sa prestation de ce soir, ne pouvait que faire sens. Et j'ai parlé. Pour moi, confondre un être avec sa manifestation extérieure et profane était comme confondre un acteur avec le personnage qu'il interprétait. Le théâtre symbolisait en ce sens la manifestation mais il était également l'expression parfaite de son caractère illusoire. On pouvait concevoir ce symbolisme soit au regard de l'acteur soit au regard du théâtre lui-même, l'acteur étant une figuration de la Réalité ou de la personnalité, s'extériorisant par une succession d'états pouvant être observés comme différents rôles.

Pour asseoir mon exemple, je demandai à Rufus de considérer l'utilisation des masques dans le théâtre antique. Derrière le masque subsistait la personnalité originelle de l'acteur qui n'était pas affecté, grâce à ce même masque, par la manifestation de ses différents rôles. L'abandon du masque, à l'inverse, forçait l'acteur à modeler, à transformer son faciès. Ce qui finissait d'une manière ou d'une autre par affecter son identité première. Quoi qu'il en soit, l'acteur restait constamment autre chose que ce dont il faisait montre, tout comme sa personnalité était parfaitement différente des nombreux états qu'elle manifestait selon les situations. Et si, partant de cet exemple, nous parlions de l'autre regard, nous serions autorisés à dire que le théâtre est, finalement, une représentation du monde.

Nous ne marchions plus depuis un long moment et, quand je me suis tu, Rufus m'a regardé de ses yeux noisette qui tranchaient sur son teint sombre. Puis il m'a serré très fort dans ses bras. J'ai cru qu'il pleurait, alors, pour ne pas l'embarrasser, j'ai baissé la tête lorsqu'il m'a lâché. Mais quand je l'ai relevée, il m'a fait un grand sourire : « Tout personnage est motivé par un besoin. C'est l'une des premières choses que m'a enseigné Susan. » J'ai tenu à lui préciser que pour combler tout besoin spécifique il fallait impérativement le moyen adéquat, et que c'était le sens de la quête. Alors il a déclaré : « Au commencement était le verbe. Je comprends maintenant ce que cela signifie. Ce que la résonance d'un mot, d'une phrase, qui est finalement un son donc une vibration, peut exercer comme influence, peut avoir comme répercussion sur l'esprit et sur le corps. » J'ai dit : « Oui, sur le monde aussi et sur l'univers tout entier. »

Par le moyen de la répétition d'une formule, d'une maxime, pensai-je alors, mon cœur s'était préparé pendant de longues années à contempler la Réalité. Cette vérité n'était pas – et en même temps elle l'était – à l'extérieur de moi, elle n'était pas dans les livres, mais elle était en moi, elle était moi. Aujourd'hui, je pouvais admirer la Réalité partout à chaque instant. Elle était là sous mes yeux, à présent, aussi vraie que le visage de Rufus devant moi – qui s'était mis à pleurer, sans se cacher cette fois et sans retenue.

IX

Gilets noirs

Neuvième mois…

Pour la deuxième fois – la première étant une fausse alerte –, j'ai accompagné Rita à la clinique. Cette fois c'était la bonne. J'étais heureux, j'avais un peu peur, j'allais être papa. Le plus important pour le moment, c'était de réussir à traverser ce rassemblement mammouth, de faire en sorte de rentrer chez moi, de prendre les affaires de toilette de Rita – et de l'enfant qui venait – oubliées en partant en catastrophe, et de revenir à la clinique avant qu'elle ne commence le travail.

Le taxi m'a arrêté avant qu'on atteigne la place. Les métros étaient fermés. J'ai continué à pied. Les rues étaient bondées et au rythme où allaient les choses, je ne verrais pas la place de la République avant une demi-heure, au moins. J'ai changé difficilement de trottoir mais d'où j'étais, je ne continuais à voir que la foule de dos, crânes, nuques et cheveux. C'est dans ces moments qu'on bénit le ciel d'être de grande taille. Je me demandais toujours s'il y avait des exemples de manifestation en démocratie qui avaient véritablement changé, profondément, positivement et durablement les choses. Aujourd'hui, la marche était censée être révolutionnaire parce que, pour la première fois, il y avait « une convergence des luttes ». Gilets jaunes, lutte pour le climat, lutte syndicale, lutte contre les violences policières, lutte pour le droit des femmes, lutte contre l'antisémitisme, lutte contre le racisme, lutte contre l'islamophobie, lutte contre l'homophobie… En égrenant toutes ces luttes dans ma tête, je me suis dit que l'univers avait choisi une drôle de journée pour donner naissance à notre premier enfant. C'était la première fois que je me trouvais au cœur d'une manifestation – de plus d'une ampleur historique. Soudain, j'ai entendu une terrible explosion derrière moi suivie d'un mouvement de panique. J'ai craint de tomber et de me faire piétiner par la foule. Paradoxalement, les choses se sont calmées dès qu'on s'est aperçus que des pilleurs méthodiques et encagoulés avaient fait sauter, par je ne sais quel procédé, la vitrine d'un grand magasin de vêtements de luxe pour s'y engouffrer.

Par ricochet, la vue de cette action m'a fait me questionner sur la pertinence de ceux à cause desquels et par lesquels les contestations avaient lieu. Les « hommes de pouvoir ». Ces gens emprisonnés dans des compréhensions souvent limitées, traduisant l'incapacité de l'individualisme à œuvrer authentiquement pour le bien de tous. Sauf que, dans l'actuelle organisation du monde, ce sont ces hommes – à la tête des grandes entreprises, des grandes institutions privées et étatiques, des gouvernements et des pays – qui sont censés être les gardiens de l'harmonie générale. Ainsi, on aurait beau considérer le problème de toutes les manières, on reviendrait sans cesse au même point. Aucune société ne pouvait se tenir collectivement, ni évoluer positivement, si elle s'édifiait sur une absence de principe. Ces « hommes de pouvoir » qu'on nous apprenait à considérer comme des « hommes de génie » n'exerçaient de façon efficiente la mission pour laquelle nous les mandations qu'occasionnellement et souvent par hasard, alors que c'était l'inverse qui aurait dû être la règle.

Et puis, ces mêmes hommes étaient souvent amenés à occuper successivement des postes divergents, comme s'ils étaient capables de satisfaire à des compétences opposées comme bon leur semblait. Ironiquement, on avait enseigné aux gens de ma génération que notre salut sur le marché du travail était dans la spécialisation. Et de nos jours encore, tout le monde avait une foi inébranlable en cette affirmation. Alors que soudainement cette croyance n'avait plus de valeur quand il était question du parcours des hommes politiques, où l'incompétence absolue n'avait jamais d'incidence sur leur carrière. Il aurait toujours fallu avoir ce genre d'interrogations en tête. Surtout lorsqu'on est pris d'angoisse existentielle à l'idée de sa propre utilité sur la surface de cette planète.

Bien sûr, la plupart d'entre nous n'a que faire de ce type de considération, tout englués que nous sommes dans nos privilèges ou dans nos frustrations. Mais il y avait certainement dans l'être profond de tous ces gens, pourtant si différents, qui convergeaient vers la place de la République, la conscience d'un destin commun. Le pressentiment que si nous n'arrivions pas à construire ensemble, c'est bien ensemble que nous allions tous sombrer.

J'aurais voulu crier cette vérité à celles et ceux autour de moi – auxquels la culture de la contestation avait systématiquement appris à faire foule mais beaucoup plus rarement à faire corps. Ces chœurs trop longtemps esseulés qui certes cohabitaient provisoirement maintenant mais qui, depuis plus de trente ans, ne savaient plus parler d'une seule voix. Les uns refusant aux autres la reconnaissance de leurs singularités, d'autres encore peinant à voir dans leurs particularismes les racines de l'universel. Oui, une seule fois, juste une seule fois, hurler cette évidence m'aurait soulagé de ce poids que ni la France ni l'Europe ne semblaient plus vouloir porter. Et là, sous mes yeux, j'avais pourtant des gens qui essayaient. La démocratie incarnée, vacillante – sous le regard voyeuriste des caméras et des objectifs des chaînes d'infos en continu – tentait de ne pas s'effondrer. Ces gilets jaunes, ces lycéens, ces lycéennes, ces femmes en cheveux, ces femmes en voile, ces hommes sans couvre-chef, ces hommes en kippa, ces peaux noires et ces peaux blanches, se reflétant, se révélant à eux-mêmes, dans cette communion républicaine, la vérité de l'unité substantielle.

Nul doute cependant que la perception médiatique allait déformer, n'allait pas pouvoir, n'allait pas vouloir retransmettre cette réalité qui mettait dos à dos les esprits chagrins et les porte-parole du chaos, les mange-morts et les bêtes féroces déguisées en agneaux – même pour un instant, pour un instant seulement, car probablement ce serait l'instant de trop dans la machine politico-économico-médiatique configurée depuis trop longtemps pour servir le déni et/ou le mensonge.

Une fois arrivé place de la République, j'ai senti la puissance du flot humain me déporter vers le pont tournant de la Grange-aux-Belles puis, après quelques détours, me propulser jusqu'à Stalingrad. Je fus pris alors par l'émotion de ces lieux – qui avaient été à la fois le théâtre de l'indifférence humaine la plus totale et de l'incroyable héroïsme d'une poignée de Parisiens – parce que je suis noir et parce que je suis un homme, et malgré mon désir de ne pas y penser, je ne pouvais m'empêcher de me souvenir du film *Paris Stalingrad* de Hind Meddeb traitant du quotidien cauchemardesque d'un migrant, de la problématique migratoire, et de la non-humanité dont continue à faire preuve l'État français quant à la gestion catastrophique de ce dossier. Car enfin, eu égard à l'intelligence et au bon sens les plus élémentaires, le décalage entre l'image d'Épinal – qui a très largement contribué au rayonnement de notre contrée à travers le monde – d'une France ultime pays des droits de l'homme et la réalité des violences et de la monstruosité des politiques gouvernementales successives envers les exilés devenait insultant au plus haut point.

Pourtant, cette réputation de dernier rempart contre l'injustice dont notre territoire jouissait n'était pas qu'une simple mystification. Elle n'était pas tombée sur ce pays au hasard, il y avait bien eu des décisions et surtout des Françaises et des Français qui avaient su incarner puissamment ces valeurs de justice et d'humanité – et en effet les exemples ne manquaient pas. Ils étaient aussi vrais et concrets que les larmes qui me montaient aux yeux à cette évocation. J'ai alors bifurqué mentalement vers la tournée que j'avais effectuée en Amérique latine à l'époque de mon album hommage à Albert Camus. Et vers le rappeur argentin qui sortait de vingt ans de prison et m'expliquait qu'il avait été métamorphosé par les livres. Selon lui, les intellectuels français – et le spectre était large puisqu'il me parla aussi bien de Diderot, de Foucault, de Voltaire que de Césaire – étaient les seuls à savoir écrire des livres capables de changer littéralement le monde.

Je me suis alors souvenu de Régis Debray avec qui j'avais participé à une célèbre émission littéraire à la télévision. Je le considérais déjà à l'époque comme le dernier grand intellectuel du XXe siècle. Intellectuel au sens où lui-même l'entendait, c'est-à-dire un lettré qui a un projet d'influence. Ses propos me revenaient avec une précision étonnante alors que je voyais, toujours à la surface de la foule, apparaître au loin le théâtre des Bouffes du Nord et la promesse imminente de parvenir à mon domicile. « … Et puis est arrivée la chose vue, s'était exclamé Debray en me faisant un clin d'œil. Vous savez, les millions de vues. Aujourd'hui c'est donc l'image, vous comprenez ? Et je suis forcé de voir que je n'ai pas ma place, que les gens comme moi n'ont pas leur place. En tout cas, c'est une place qui oblige à faire chambre à part. C'est-à-dire qui n'a plus d'impact. Les intellectuels n'ont plus d'importance, continua-t-il dans une mélancolie faussement souriante. André Gide, *Retour de l'URSS*, petite plaquette 1936, vous savez combien il en a tiré d'exemplaires ? Cent cinquante mille. Quand Sartre écrit *Ouragan sur le sucre*, il revient de Cuba en 1960, *France Soir* le publie, un million d'exemplaires. Je ne parle pas d'Émile Zola et de l'impact d'un texte en tout petits caractères sans aucune photo, sans aucune illustration, à la une de *L'Aurore*. Un texte qu'aujourd'hui aucun rédacteur en chef n'accepterait. Aucun, il éclaterait même de rire.

« La faillite dont je parle est donc la faillite d'un projet d'influence qui passait par l'écrit ou en tout cas par la réflexion, en tout cas par le débat, la délibération, l'argumentation… Bref, la parole. Et je dois constater que les mots ont perdu leur charge active ou leur force d'entraînement et qu'aujourd'hui il faut être vu. C'est-à-dire qu'il faut passer par un tout autre canal qui oblige très vite à avoir de l'influence. Qui vous force très vite à devenir un showman. C'est-à-dire que, si vous voulez être sérieux, vraiment sérieux, ce n'est pas dans votre émission que nous devons passer, Kamil et moi-même. Mais plutôt à cette émission du samedi soir qui passe sur une autre chaîne – qui appartient néanmoins à votre groupe, dont je tairai le nom ici pour éviter des soucis à Kamil qui est encore jeune et plein d'ambition, ironisa-t-il. Mais enfin, passer dans cette émission du samedi soir, ça, c'est sérieux ! Et les gens y sont très sérieux. Parce que là vous touchez beaucoup de monde et votre livre sera vendu à vingt mille exemplaires automatiquement même si c'est une sombre… »

L'animateur m'avait alors interpellé et demandé si je pensais – moi qui, bien qu'étant rappeur, étais « un authentique auteur » – qu'un texte, qu'un livre pouvait changer le monde. Je me souvenais d'avoir été ce soir-là porté par l'enthousiasme qui me caractérisait et dit de longues phrases bourrées d'exemples pour affirmer, sous le regard plein de compassion du philosophe, qu'évidemment un texte pouvait bouleverser le monde. Que c'était même une tradition pour de grands pays tels que le nôtre. On posa donc la même question à Régis Debray, qui eut la réponse suivante : « Je pense pour ma part qu'un livre ne peut plus changer le monde. Ou alors, il faut que de ce livre naisse tout de suite un film ou une série. Il faut en tout cas qu'il soit illustré et il faut que l'auteur de ce texte soit présent sur les réseaux sociaux et comptabilise des centaines de milliers de vues. Il y a une ingénierie de la pensée, voilà. Elle était hier axée sur le texte écrit, imprimé et diffusé. Elle était dans les livres, dans les revues. Aujourd'hui, ce monde continue d'exister mais dans un monde dominé par le chiffre et l'économie, tout cela semble ludique, spéculatif, amusant et en tout cas ne concernant que cinq ou dix mille personnes. Voilà ce que je suis forcé de constater. Donc je prends acte, mais sans acrimonie, d'une certaine obsolescence de celui que j'étais en 1960. À cette époque j'ai publié un texte dans *Les Temps modernes* qui s'appelait « Le castrisme : la longue marche de l'Amérique latine », c'était en 1964 précisément. Ce texte arrive à Alger dans les mains du Che, le Che le remet à Fidel Castro, et il y a une sorte d'attention. Aujourd'hui, si vous donnez une revue à un dirigeant politique, ça l'amuse. Il se tourne vers son directeur de com' et il lui demande : "Est-ce qu'on a la couv' de *Paris Match* ?" Donc cet écosystème que j'appelle la graphosphère, fondée sur le caractère écrit, d'imprimerie, n'a pas disparu, bien sûr, il est aujourd'hui subordonné, avalé, phagocyté, dominé, restructuré, refondu. C'est le médiologue qui vous parle, c'est-à-dire celui qui étudie le milieu dans lequel l'animal intellectuel a à se déplacer. Celui qui par ses manifestations, son expression, ses démonstrations veut atteindre l'esprit des gens et à travers leurs esprits peser sur les événements. Mais aujourd'hui, je suis bien forcé de voir que le déclin des organisations socialistes et communistes ne fait qu'un avec le déclin des instruments d'influence liés à l'imprimé. Quand je travaille sur les mots à une fin d'influence politique, je me rends compte que non, que c'est fini. »

J'ai atteint mon immeuble en me disant que je venais moi aussi, à ma manière, de me prononcer sur la fin, mais, en attendant que j'en dise davantage, je constatais que les derniers des grands Mohicans intellectuels occidentaux faisaient le même constat de déliquescence généralisée, en se demandant ce qu'*in fine* il resterait de l'Occident, quand les machines à connecter auraient fini leur travail. Qu'un Debray en France ne disait pas autre chose qu'un Chomsky aux États-Unis : les réseaux sociaux et tous les outils de com' de manière générale étaient un agencement de tromperies efficaces qui mettait des fous au pouvoir et proposait la pensée fascisante comme une alternative idéologique crédible. Dans cet algorithmique de l'époque, la logique de la force et du nombre – ou de la matière au choix – l'emportait désormais sur la logique des idées, d'où l'opportunisme chronique des politiques, surfant en permanence sur l'émotion du moment pour être reconduits. Cette perpétuelle mise en scène de soi était la tragédie du siècle naissant, depuis le remplacement de l'intellectuel par l'émotif et du politique par l'économique.

J'ai rapidement trouvé le sac d'affaires préparé par Rita pour la clinique. Nous l'avions oublié dans notre chambre à côté du radiateur. J'ai éteint toutes les lumières de l'appartement et au moment de ressortir je me suis figé dans le vestibule avec l'envie irrépressible de dormir. De m'asseoir et de m'endormir, comme ça, sans raison.

J'avais fini par réécrire, et difficilement, mon texte, mais ce n'était pas ce qui me causait du souci. Ce qui me préoccupait depuis ces derniers jours, c'était la vie humaine, et plus précisément la naissance, fatalement. Savoir si, au moment de mourir, on saisit enfin le mystère du premier événement puisque à la différence de la naissance nous sommes présents à nous-mêmes lors de notre départ. Un peu alambiquée comme pensée, je dois l'admettre. Mais je me comprenais.

Toujours dans l'obscurité, j'ai laissé le sac à l'entrée puis je suis allé m'asseoir sur le canapé du salon. J'ai posé les mains sur mes genoux et j'ai regardé en direction du téléviseur éteint. Notre gardienne était morte la semaine précédente, une crise cardiaque. À quelques jours de sa retraite. D'origine portugaise, elle avait été artiste, chanteuse et actrice, mais aussi militante – notoirement opposée à la dictature salazariste – et avait dû quitter son pays pour sauver sa vie au début des années 1970. Elle avait fini gardienne de cet immeuble du 10e arrondissement de Paris où nous vivions Rita et moi depuis dix ans et n'était plus retournée au Portugal même après la révolution. Elle n'y avait plus de famille et n'en avait pas fondé de nouvelle en France. Il ne restait de son histoire que de vieilles photos, qu'elle montrait à loisir à tous ceux qui passaient près de sa loge. De femme extraordinairement belle, élancée, à la longue chevelure noire et au caractère impétueux, elle était devenue une vieille dame un peu farfelue qui ne croyait plus en rien et qui avait du mal à maigrir. Les deux facettes de cette femme étaient comme les deux aspects de l'existence qui m'interrogeaient, la naissance et la mort. Naturellement, ce n'était pas anodin qu'elle fût artiste et, à vrai dire, si je pensais subitement à elle, au moment de la naissance imminente de mon enfant, c'était parce qu'à l'évidence la question du symbole travaillait mon être dans son entièreté.

Dans ses différentes pratiques, l'art avait toujours revêtu pour moi un caractère symbolique. Car ce qui avait toujours fait sa valeur à mes yeux était moins ce que les différentes disciplines artistiques que j'avais exercées représentaient que les capacités de communication qu'elles procuraient, au-delà du langage. Je considérais l'art comme un point d'appui, une base concrète et objective servant de support à la méditation pour une intelligibilité aussi intime et aussi élargie que possible de l'esprit. Ce qui était à mon avis le but de tout symbolisme et donc la fonction ultime de l'art.

Rien n'était plus important que cette manière d'appréhender la vie et l'art. Le rap n'avait jamais été un *game* à mes yeux et n'avait rien à voir avec de simples plaisirs personnels entre lesquels, de toute façon, aucune hiérarchisation n'est possible. Il n'y avait rien de sentimental dans ma démarche en tant que rappeur, rien de vain. Les gens avaient profondément tort néanmoins d'interpréter mon approche comme moralisatrice ou même moralisante – au sens de la morale de l'histoire. Car l'idée de me voir m'agiter pour de telles insignifiances serait non seulement mal me connaître mais, surtout, ignorer la fonction et l'effet, cumulés, du symbolisme et de l'initiation sur un être réalisé.

Je me suis mis à masser doucement mes cuisses dans un mouvement de va-et-vient car j'ai eu soudainement froid. Et j'ai fermé les yeux parce que, malgré l'obscurité, l'ampoule géante du lampadaire dans la rue continuait à éclairer la pièce. Un puissant silence m'a immobilisé tout entier. Je me suis vu me lever, alors que je restais assis, et rejoindre Rita à la clinique.

J'allais assister à l'accouchement. J'allais pleurer en entendant les pleurs de ma fille puis j'allais couper le cordon ombilical. Et ensuite souffler doucement à l'oreille du nourrisson, comme on le fait traditionnellement : « Il n'y a pas d'autres réalités que la Réalité. » Au bout de quelques jours, Rita et moi reviendrions dans notre appartement parisien avec notre premier enfant, et nous en aurions d'autres peut-être dans un monde et un futur encore et toujours plus incertains.

À ce sujet, voici ce que révèle en substance le manuscrit que j'ai fini par remettre à mon agent et à mon éditrice : qu'importe la gravité de la période de crise que nous traversons en ce moment, celle-ci ne peut être que transitoire. Puisque nous passons d'un monde à un autre. Cette transition, même si elle est convulsive, est cohérente. Un enchaînement de cause à effet relie les événements du passé à ceux qui adviennent et à ceux qui adviendront. Il est déjà trop tard. Nous connaîtrons de nombreux cataclysmes écologiques et humains, mais nous ne devons pas attendre la pleine descente pour préparer la remontée.

Telle est notre fonction, à nous, et à quelques autres qui s'ignorent encore, parfois. Ces fameux femmes et hommes de bonne volonté dont la fonction est à la fois d'accompagner et de préparer le changement, afin que les maux, qui vont de pair avec les bouleversements que nous vivons déjà, soient restreints au possible. L'autre fonction de ces êtres éveillés étant de préserver ce qui pourra l'être du patrimoine actuel de l'esprit, base de l'édification du monde à venir. On ne peut certes éviter la chute, nous en supportons déjà les violentes prémices, mais une remontée aura lieu à coup sûr.

Et tous ceux qui luttent aujourd'hui avec ce sentiment, si souvent répété, de prêcher dans le désert, tous ceux qui, face à ce cynisme, à cette méchanceté et à cette bêtise devenue monnaie courante, s'enfoncent dans l'incompréhension et le désarroi sans jamais abandonner, verront à la fin que leur travail, non seulement n'aura pas été vain, mais sera même devenu le viatique de l'humanité tout entière lorsque retentira l'heure d'un nouveau printemps.

C'est à ce moment précis que je me suis levé pour de bon du canapé. Je suis retourné dans le vestibule. J'ai pris le sac, je suis sorti et j'ai fermé la porte sans me retourner. J'ai descendu les marches deux à deux. J'ai couru doucement en remontant la rue du Faubourg-Saint-Denis. Je suis arrivé à la station de taxis en face de la gare et de l'ancienne poste et j'ai sauté dans un véhicule en direction de la clinique.

Dans la salle de travail, Rita commençait à s'impatienter. L'anesthésiste n'était toujours pas là alors que les contractions étaient de plus en plus rapprochées et de plus en plus fortes. Une infirmière a fait son entrée. Au premier regard, j'ai su que Rita se mettrait en colère. Outrageusement maquillée, l'infirmière avait des ongles longs vernis d'un rose brillant, la peau diaphane et les cheveux très courts blonds peroxydés. Elle tenait plus de la chanteuse pop que de l'infirmière, mais au bout de quelques minutes elle m'a paru connaître son métier. Ce qui n'a pas empêché Rita de l'interpeller : « Pourquoi, dit-elle en contenant à la fois sa souffrance et sa colère, l'anesthésiste n'est-il pas encore là ? » Elle a répondu qu'il était en chemin. Rita a insisté : Est-ce qu'elle en était sûre ?, et l'infirmière a dit qu'il avait eu un imprévu, mais qu'elle, elle était là.

Rita s'est alors mise dans une fureur noire, mais une contraction l'a saisie au même instant. Je me suis approché d'elle doucement, lui conseillant de respirer, mais elle m'a jeté un regard tel que je me suis senti bête, pitoyable et inutile. Au bout d'un instant, sans la regarder, l'infirmière à l'allure de Miley Cyrus a expliqué que c'était elle qui allait s'occuper de la péridurale. Rita a fait un effort pour garder son calme : « L'anesthésiste n'est plus en chemin ? » L'infirmière embarrassée a bredouillé. Et Rita a explosé. Elle reprochait à la clinique et à son personnel son manque de sérieux. De manière absolument inattendue, l'infirmière a reconnu immédiatement leur faute, désarçonnant Rita qui s'attendait au déni et à la mauvaise foi habituels. Quant à moi, je ne savais ni que dire ni où me mettre, alors je n'ai pas bougé.

C'est le moment qu'a choisi l'anesthésiste pour entrer, suivi quelques minutes après par l'obstétricien. Et puis les choses se sont accélérées : l'enfant est né, j'ai pleuré, j'ai prié. Quand tout a eu lieu, Rita, qui avait notre fille sur sa poitrine, m'a appelé « doux cœur », alors j'ai pleuré de nouveau. Je lui ai dit qu'elles étaient belles toutes les deux et elle m'a dit qu'elle savait bien que c'était faux, mais que cela lui faisait tout même plaisir de me l'entendre dire. Elle a ensuite éclaté de rire et je me suis dit qu'il fallait toujours se donner une fin et que la mienne, de finalité, c'était de provoquer l'hilarité chez cette femme qui avait fait de moi un père.

X

Sainte-Marie

La pluie n'avait cessé de tomber sur Paris au rythme des larmes de Rita. Les gazouillis et les sourires de la petite Layla n'étaient plus que de brèves éclaircies traversant un amas de nuages sombres qui semblait sans limites. Les premières semaines à la maison avec le bébé furent extrêmement difficiles. Noir et atone, l'état d'esprit de Rita s'empêtrait dans un chagrin inextricable. Se posant un nombre incalculable de questions sur elle-même et ce qu'elle se devait de ressentir ou non maintenant qu'elle était mère. « Vais-je savoir m'en occuper ? » était sa principale interrogation. Cette appréhension mêlée à la culpabilité de ne pas se vivre instantanément comme une maman naturelle l'avait plongée dans un profond désarroi. Et, en outre, le manque de sommeil aidant, elle ne cessait de faire d'affreux cauchemars où un scénario toujours différent la mettait en scène totalement incapable de protéger notre enfant.

Désemparé de la voir éclater en sanglots sans raison alors qu'elle tenait Layla dans ses bras ou de l'entendre s'apitoyer sur elle-même parce qu'elle ne se « trouvait pas belle », alors que je la voulais juste joyeuse et épanouie, une décision s'imposait.

On s'est d'abord mis à parler et de plus en plus souvent. Je m'aperçus au fur et à mesure de nos conversations que je ne lui avais jamais demandé de s'ouvrir à moi de cette manière. En douze ans de vie commune, j'avais fait tourner notre monde autour de moi et je ne m'étais jamais intéressé à elle comme je l'aurais dû. J'appris qu'elle avait elle-même eu une petite enfance compliquée et que ses rapports avec sa mère étaient beaucoup moins simples que je ne le croyais. Je la questionnai sur ses émotions et ses souvenirs d'enfance et d'adolescence, sur ses doutes, ses craintes et ses faux-fuyants.

Et puis, parce qu'il me restait encore quelques mois avant la parution de mon roman et que Rita ne prévoyait pas de refaire un album ni de remonter sur scène dans l'immédiat, nous avons choisi de partir quinze jours sur une toute petite île dans l'océan Indien, au large de Madagascar, du nom de Sainte-Marie.

On est arrivés dans un petit avion à hélice, en provenance d'Antananarivo, en survolant d'abord une étendue d'eau bleu turquoise et transparente. Puis une véritable île-jardin nous a ouvert les bras.

Une navette est venue nous chercher à l'aérodrome et, après avoir longé une route tortueuse bordée de grands cocotiers et d'une immense plage de sable blanc, elle nous a déposés dans un complexe hôtelier d'une beauté simple, tenu par un couple d'expatriés et leur chien, Isabelle, Alex et Flocon.

Toujours suivis par leur joyeux labrador noir, elle, une grande blonde aux cheveux et au visage long, et lui, grand également, avec une large calvitie et de gros yeux, nous ont avertis qu'il y avait un autre couple de Parisiens dans l'hôtel. Mais qu'aucun autre client ne viendrait parce que ce n'était pas la saison. Tout en nous demandant ensuite si nous étions au fait de l'événement qui venait d'avoir lieu à Paris, ils ont allumé le grand téléviseur où sont apparues, nous foudroyant, les images de la cathédrale Notre-Dame de Paris en feu. Puis nous nous sommes installés dans un confortable bungalow sur pilotis donnant sur un ponton qui se prolongeait sur un paradis blanc et bleu.

Le sable sous mes pieds était chaud et doux et le soleil, aveuglant, soyeux sur ma nuque. Rita ne voulait pas se baigner et donnait le sein à Layla devant l'écran qui passait en boucle l'incendie de Notre-Dame. Je me suis rué dans l'océan. L'eau était chaude alors j'ai nagé loin. Les fretins multicolores qui ne craignaient pas la présence humaine tournoyaient autour de moi. La limpidité parfaite de l'eau me laissait profiter d'un spectacle qu'on ne voyait habituellement que dans les aquariums ou les émissions sur la chaîne câblée Voyage. En sortant des vagues, je me suis étendu sur le dos, j'ai fermé les yeux et j'ai laissé le soleil lécher mon visage. Le bourdonnement de l'eau dans mes oreilles m'a donné envie de dormir, alors j'ai laissé ma tête se vider.

Lorsque je suis retourné auprès de Rita, nous étions affamés et nous sommes allés déjeuner, Layla profondément endormie dans son landau high-tech. J'étais heureux de voir Rita se nourrir avec entrain. Le carpaccio de thon était délicieux, nous nous sommes empiffrés de fruits de mer à la sauce coco. Et nous avons beaucoup parlé en buvant des cocktails de fruits locaux sans alcool. Isabelle et Alex nous ont rejoints pour prendre le café avec nous. Ils jugeaient insensées les sommes que les plus grosses fortunes françaises avaient d'ores et déjà prévu de verser pour la reconstruction de Notre-Dame. Rita estimait cette attitude indécente, compte tenu des sans-abri, des pauvres de manière générale ou des migrants, que la France et une majorité de pays européens laissaient crever en mer ou dans les territoires sans que jamais ces riches se prononcent. Tout le monde a voulu connaître mon avis, mais je n'en pensais pas grand-chose, et c'était normal parce qu'il fallait me laisser le temps de digérer mon repas. Et tout le monde a ri. « Mais encore ? » a demandé Isabelle. Et parce que mon regard s'est porté à ce moment-là sous la table voisine où j'ai vu un bernard-l'hermite se diriger péniblement vers la porte ouverte qui donnait sur la plage, j'ai coupé sans m'en rendre compte la parole à Alex qui voulait changer de sujet.

« C'est saint Bernard, considéré par beaucoup comme le dernier Père de l'Église, qui a popularisé l'appellation Notre-Dame en nommant ainsi, le premier, la Vierge Marie. Il la considérait, en effet, comme sa Dame, tout imprégné qu'il était des codes de l'idéal chevaleresque dans lesquels il fut élevé. Avant même qu'il n'entre dans les ordres, il était donc déjà un authentique chevalier de Marie. Et il le resta sa vie durant – qu'il consacra au service de tous les nécessiteux et au combat pour la préservation de l'orthodoxie de l'Église. Je veux en venir à la chose suivante. Il est bien évidemment important de penser à la restauration des pierres de Notre-Dame, qui est pour de multiples raisons l'un des symboles les plus importants de Paris. Mais s'il faut s'occuper de la bâtisse, il est encore plus important de prendre soin de l'esprit de Notre-Dame en consacrant une partie des milliards récoltés à l'aide et à la défense des nécessiteux, mais également de tous les migrants auxquels on refuse, le plus souvent, la moindre considération humaine. »

Mon intervention a plongé tout le monde dans un recueillement singulier, alors interrompu par l'autre couple de vacanciers, qui avait fait son apparition pendant que je devisais. « Oui, dit l'homme en prenant la main de sa femme et en l'embrassant bruyamment, il faut prendre soin de l'esprit car le corps est dans celui-ci contrairement à l'idée répandue. » L'homme s'appelait Renaud et sa compagne, qui était en réalité sa maîtresse, Vicky. Ils enseignaient tous deux la philosophie à la Sorbonne et avaient prétexté une conférence pour convoler en justes noces adultérines. Chacun était marié de son côté, il avait trois garçons adolescents et elle une fille de neuf ans et un garçon de vingt et un an d'une précédente union.

Une fois le déjeuner terminé, les femmes nous ont envoyés faire une balade sur la plage sans elles. « Comme ça tu pourras téléphoner tranquillement à Paris », a ironisé Vicky en faisant un clin d'œil à son amant. En s'éloignant, Renaud a effectivement appelé son épouse à Paris, lui racontant qu'il allait devoir prolonger son voyage parce qu'il s'était trompé dans les dates de retour. Alex, le gérant de l'hôtel, a dit qu'il n'avait jamais trompé son épouse. Il ne voulait pas juger mais il pensait que c'était mal. Alors Renaud a éclaté de rire en me regardant.

J'aurais pu passer toute ma vie sous le haut patronage de ce soleil, ce sable blanc et l'océan Indien. La plage était déserte et un léger vent chaud secouait les palmiers ici et là. Les bungalows sur pilotis donnaient aux lieux des allures de cité lacustre. Renaud, Alex et moi marchions lentement, silencieux, comme ensorcelés par la beauté. Alex a dit qu'il ne s'y ferait jamais, même s'il était là depuis toujours. Renaud s'est moqué gentiment en lui demandant des nouvelles d'amis qu'ils avaient en commun. Je compris qu'ils se connaissaient bien et depuis un certain temps. J'ai enlevé mes sandales et je me suis dirigé droit vers l'écume qui allait et venait sur le sable. Renaud et Alex m'ont rejoint et ont marché comme moi dans l'eau, jusqu'à ce qu'elle couvre nos chevilles. On s'est arrêtés et on a regardé tous les trois dans la même direction. Comme si nos destins étaient visibles à l'horizon et qu'on pouvait les regarder ensemble sans détourner la tête. Renaud s'est remis le premier en mouvement, et nous a expliqué qu'il enseignait la métaphysique et en quoi elle consistait.

Son début d'éclaircissement m'a embrouillé et je n'ai plus vraiment suivi son discours que par bribes. J'ai toujours pensé que pour comprendre les mots à fort risque de mésentente, revenir à l'étymologie était la meilleure solution. Métaphysique signifie, si on veut tenir compte des conceptions et des définitions des anciens, au-delà de la nature. Je ne pouvais donc adhérer à la vision qu'en avait Renaud, selon qui la connaissance métaphysique était une connaissance naturelle, précisément, s'agissant de son but et des moyens par lesquels elle était acquise. En somme, il se contredisait dans les mots mêmes qu'il employait et cela était typique, non seulement des philosophes d'aujourd'hui, mais de nombreux intellectuels, toutes disciplines confondues, se réclamant de la modernité. D'ailleurs, pour un métaphysicien, notre professeur faisait grand cas de la sphère scientifique et rationnelle. L'abus et le mauvais emploi de ce mot dans la bouche de Renaud m'obligèrent au silence durant la quasi-totalité de son laïus.

Le soir, nous avons tous dîné ensemble, sur la grande terrasse du réfectoire. Layla, qui venait de prendre le sein, confortablement installée dans son cosy et posée sur une chaise entre Rita et moi, ronronnait comme un petit chat. Sous la chaise, Flocon, le labrador d'Isabelle et Alex – qui s'était pris d'affection pour notre petite famille –, paraissait monter la garde. Durant ce long repas, nous avons d'abord échangé sur Platon, Socrate et Pythagore – sur lequel Renaud a particulièrement insisté – avant de bifurquer sur la SCIENCE, la RAISON et le PROGRÈS. En style clair, Renaud a fait la sourde oreille à chacune de nos interventions et a monopolisé la parole toute la soirée en donnant à ces mots en lettres capitales une sorte de qualité mystique, qui faisait fi de leur signification véritable.

À sa décharge, Renaud avait un peu trop bu, mais son cours magistral me rappelait les discussions new-yorkaises avec mon cousin Franck sur ce type même de mentalités. Tous ces mots dont aimait abuser notre époque, comme l'ÉGALITÉ, la JUSTICE et la LIBERTÉ ou encore la CIVILISATION et le DROIT étaient des notions qui, dès qu'on les étudiait d'un peu trop près, perdaient tout crédit. « Il vaut mieux ne surtout pas chercher à les définir », s'amusait à dire mon cousin américain. Il avait raison et j'assistais à un carnage. Toutes les prétendues avancées dont s'enflait Renaud, qui se faisait chantre du monde moderne, se résumaient à des termes grandiloquents dissimulant à peine le vide ou le pas grand-chose. Je me posais d'ailleurs depuis longtemps la question de l'origine de cette hypnose collective, car enfin un mensonge aussi grossier et partagé par tant de personnes, pour se perpétuer comme il le faisait, ne pouvait être totalement libre.

Rita me souriait et je caressais sa main abandonnée sur les tout petits pieds de notre enfant, tandis que Renaud parlait, et parlait encore. Durant un bref instant, Vicky, qui connaissait la bête, a réussi à l'interrompre, néanmoins, lorsqu'il a évoqué l'idée d'égalité. « Oui mais, penses-tu qu'Adama Traoré aurait eu le même destin s'il avait été blanc et s'il n'avait pas été issu des quartiers populaires ? » En prononçant cette phrase, elle me regarda droit dans les yeux, assez bizarrement. Puis elle ne dit quasiment plus rien jusqu'à la fin du repas. Quant à Renaud, à l'évidence, il ne souhaitait pas continuer dans cette direction et, par un habile tour de passe-passe dont les intellectuels d'aujourd'hui ont le secret, il a botté en touche et est passé à autre chose.

Ce petit manège m'a fait penser que l'Europe est convaincue de la réalité, sur son territoire, des idées que nous avons énoncées plus haut en capitales – en dépit des barbelés qui fleurissent un peu plus à chaque vote liberticide –, si tant est, en toute honnêteté, qu'on puisse appeler cela des idées. Car ce n'était pas réellement des idées, puisque bon nombre des gens qui proclamaient ces termes avec certitude ne pouvaient les mettre en lien, dans le réel, avec une quelconque chose qui puisse tout à fait s'y conformer.

Pourtant, dans nos vies, ces vocables avaient leur existence propre. Ils étaient même dans notre quotidien l'incarnation, plus ou moins confuse, d'élans sentimentaux. Ainsi, des figures comme Gandhi, Martin Luther King ou Nelson Mandela étaient en substance les idoles d'un credo universaliste et laïc – précisément au sens de ceux, comme Renaud, qui faisaient de la laïcité une religion – plutôt flou, mais qui n'en avait pas moins une réalité bien concrète.

Je suis resté bloqué sur la question des origines de cette folie ordinaire. Interrogeant tout de même Renaud qui a répondu à côté de la plaque avec tant de majesté que j'en suis resté interdit. Et cela devait se voir sur mon visage puisqu'il a souri et repris ses explications de plus belle, s'imaginant que tant de culture ne pouvait que me laisser sans voix. Isabelle et Alex n'ont jamais ouvert la bouche sauf pour se nourrir. Mais sans que cette situation leur pose apparemment de problème. On voyait bien qu'ils étaient habitués, et que l'érudition de Renaud les impressionnait. Rita, quant à elle, souriait dans le vide et, les yeux mi-clos, se balançait légèrement de gauche à droite, au rythme d'une musique audible par elle seule. Dans un même mouvement, elle contemplait de temps en temps Layla, me regardait ensuite et acquiesçait à tout ce qui se disait. Bref, elle n'en avait absolument rien à faire de ce dont parlait Renaud.

J'ai continué à m'interroger en boucle dans ma tête sur l'origine première du statut actuel de la réalité et j'ai fini par me dire que dans ce cas présent les origines avaient peu d'importance. Puisque c'était reconnu par tous, et par les Européens eux-mêmes, c'était bien l'Europe la cause, de manière directe ou indirecte, des maux les plus graves qui gangrenaient le monde. Et puisque l'Europe changeait sans cesse, et adorait littéralement le changement, il n'était pas impossible qu'elle finisse un jour par révolutionner elle-même ses habitudes dans une orientation scrupuleusement cohérente et s'épanouisse de cette manière dans une authentique clairvoyance. Et alors, si cela advenait, cette folie se dissoudrait d'elle-même.

Le lendemain, je me suis levé aux aurores et j'ai prié alors que Rita et Layla étaient encore profondément endormies. Layla, qui ne faisait pas ses nuits à Paris, dormait ici comme un charme et j'étais heureux, en écartant les rideaux du lit à baldaquin, d'avoir retrouvé le sourire que Rita affichait toujours dans son sommeil. Je me sentais parfaitement reposé. J'ai petit-déjeuné seul puis j'ai fait une balade, accompagné de Flocon qui ne nous quittait plus.

L'île Sainte-Marie abrite de petits génies, au sens animiste du terme, qu'on perçoit partout. Les différentes odeurs d'épices, qui embaument au moindre rayon de soleil, évoquent cette omniprésence invisible à l'œil et éclatante pour tous les autres sens. Une forêt émeraude irriguée par des veines d'eau, où flottent des pirogues de bois noir, tranche avec l'immaculé des plages et le saphir de l'eau. À cette heure matinale, le paysage tropical était rouge, noir et blanc.

Mon regard prenait de moins en moins appui sur les sons à mesure que je me rapprochais du complexe hôtelier que j'avais quitté sans m'en rendre compte.

Soudain, Vicky se dressa devant moi comme une apparition. Elle caressa longuement Flocon qui la connaissait bien. Elle portait un long négligé de soie mauve pâle qui couvrait totalement ses pieds, dénudait ses épaules et mettait en valeur une poitrine déjà remarquable. En outre, ses cheveux lâchés la rendaient terriblement attirante. J'ai baissé maladroitement les yeux en la saluant, elle a gloussé de joie. J'ai voulu continuer mon chemin mais elle m'a retenu par l'avant-bras, me faisant sursauter. Elle avait l'air plus épanoui qu'après le dîner. La veille, en effet, nous avions dû, Alex et moi, littéralement porter son amant Renaud dans leur bungalow, assommé qu'il était par les cocktails multicolores qu'il avait bus sans discontinuer. Vicky m'avait jeté le même regard ambigu que pendant le dîner – quand elle avait évoqué Adama Traoré – lorsque nous les avions quittés. Mais j'avais mis son attitude sur le compte de la situation insolite.

Vicky m'a demandé si je voulais faire un bout de chemin avec elle. Elle était heureuse de m'avoir rencontré alors que tout le monde dormait encore parce qu'elle voulait me parler en privé et que « les gens s'imaginent toujours des choses ». Mon cœur s'est mis à battre fort et j'ai regardé autour de moi comme si je m'apprêtais à commettre un acte honteux. Vicky l'a vu et m'a rassuré. Flocon a alors aboyé sans raison. Je l'ai observée en silence pendant qu'elle calmait le labrador et j'ai enfin compris ce qu'elle voulait de moi. Vicky a eu l'air embarrassé lorsque nos regards se sont croisés à la dérobée mais elle ne s'est pas démontée et a fini par me dire sans détour que je lui plaisais. J'ai feint de ne pas comprendre et lui ai demandé ce qu'elle voulait dire par là. Elle m'a répondu que c'était la vie, que les gens s'attiraient les uns les autres, que c'était normal et qu'il ne servait à rien de résister, que c'était même ridicule.

Nous avons continué à marcher et à nous enfoncer dans la forêt primaire. J'ai tapoté doucement, pour faire diversion, le flanc du chien qui tournait autour de moi, afin qu'elle ne s'aperçoive pas que j'étais mort de peur. Et puis, je lui ai dit le plus naturellement possible que j'étais d'accord avec elle. Elle a semblé satisfaite, puis j'ai ajouté à mi-voix que ce que j'allais lui dire n'était donc en aucun cas un jugement moral. Elle s'est arrêtée et m'a regardé à son tour de haut en bas puis a plongé ses yeux dans les miens. J'ai tenu son regard sans faiblir et lui ai dit calmement que je la trouvais extrêmement attirante, moi aussi, mais que j'étais un homme fidèle de principe et que la bigamie n'était pas ma culture. Mais selon elle, nous étions deux adultes, personne n'avait à être au courant de nos choix et ces histoires de principe ou de « cocuage » n'étaient qu'une vision bourgeoise et patriarcale normalisée, on pouvait réfléchir autrement au XXIe siècle.

Je lui ai répété qu'elle avait raison, mais qu'elle se devait de respecter mon choix. Elle a insisté encore, parlant d'amour contingent et nécessaire, et j'ai commencé à entendre mon cœur battre à mes tempes. Dans un élan désespéré j'ai même évoqué Dieu, lui révélant que ma croyance religieuse était aussi l'une des causes de mon attitude. Elle a semblé avoir pitié de moi et m'a regardé en secouant légèrement la tête comme pour me plaindre. Dieu ou n'importe quelle divinité n'avait absolument rien à voir avec tout ça, j'étais seul dans l'univers, et si l'opportunité d'explorer plus profondément ma nature humaine se présentait à moi, elle en était juste la personnification. Elle a tenté de me persuader que si je ne voulais pas abandonner l'idée de Dieu, au moins devais-je comprendre correctement son message. Elle n'était pas une épreuve pour moi, mais peut-être une récompense. Un cadeau, une indemnité pour bigoterie bien remplie en quelque sorte.

Je dois avouer que je n'étais pas insensible à son charme et son raisonnement commençait à faire écho en moi, quand j'ai dit, à l'exact opposé de la pulsion que je ressentais : « Non ! » Vicky a alors brusquement, sans que je m'y attende, fait une drôle de révérence puis demi-tour, en tournant littéralement sur elle-même, sans ajouter mot. Flocon a aboyé de nouveau après elle lorsqu'elle s'est mise en marche. Mais Vicky n'a eu aucun geste en direction du labrador. Je suis resté là immobile, et l'ai regardée s'éloigner avec la consternation du mammifère en rut empêché et un sentiment mêlé de tendresse, d'incrédulité, d'orgueil masculin et de soulagement.

Quand je suis revenu dans notre bungalow, Rita et Layla étaient toujours endormies et je suis ressorti. Le bungalow était surplombé à l'arrière par une barrière de roches noires et une nature verte et sauvage d'où, nous avait dit Alex, partaient toutes les excursions. La traversée de la mangrove en pirogue était une des activités phares de l'île qui incluait la visite du cimetière des pirates. Du XVIe au XVIIIe siècle, l'île avait été un célèbre repaire de pirates et autres corsaires. Port d'attache de vaisseaux et lieu d'habitation des forbans, c'était ici, toujours selon les dires d'Alex, que se partageait le butin. Rita s'en était amusée et m'avait dit que c'était comme dans *Pirates des Caraïbes*, sauf qu'Alex était loin d'avoir le sex-appeal de Johnny Depp, et c'était bien dommage. Isabelle m'avait aussi raconté discrètement que, sur l'îlot des forbans, on pouvait parfaitement discerner les vestiges de l'encadrement en arc de cercle d'une porte de pierres donnant sur le vide. Tous les anciens du village savaient qu'il s'agissait d'un premier repère indiquant la cache d'un trésor qui ne demandait qu'à être déterré depuis des siècles.

Je suis retourné sur le ponton de notre bungalow, où m'avait précédé Flocon, et suis resté assis à l'extrémité, les yeux et les pieds dans le vide, admirant l'océan, le ciel et le soleil glorieux. Un délicat roulement de caoutchouc sur le bois s'est élevé jusqu'à mes oreilles. Et j'ai senti contre moi, d'abord une poitrine, puis des bras qui m'enlaçaient, tendrement. Rita et Layla venaient de se lever.

Vicky m'a évité copieusement dans la journée. Rita l'a immédiatement remarqué et m'a dit qu'elle devait secrètement me kiffer. Mais je suis resté silencieux et cela aussi Rita l'a noté. Elle a alors décrété qu'elle n'aimait pas ce couple et décidé de déjeuner puis de dîner dans notre bungalow. Et la nuit a été horrible.

Entre 22 heures et minuit, Layla, en effet, n'avait pas cessé de pleurer, et Rita tournait en boucle sur l'étrange attitude de Vicky à mon égard. Elle ne comprenait pas pourquoi Renaud nous avait salués tous les deux alors que Vicky s'était détournée de moi après lui avoir dit bonjour à elle. J'ai prétexté l'inattention, mais, selon Rita, Vicky avait carrément fui à ma vue, la deuxième fois que nous l'avions croisée.

Lorsque Layla a fini par s'endormir vers une heure du matin, la colère de Rita s'est changée en hystérie. Elle était convaincue qu'il s'était passé quelque chose entre Vicky et moi. J'avais beau démentir, rien n'y faisait. Mes dénégations m'accablaient. Après avoir parlementé jusqu'à 3 heures du matin et persuadé Rita de regagner la couche conjugale, alors qu'elle avait décidé, quelques heures plus tôt, de dormir dans le vestibule sur le canapé-lit, elle a fini, sans transition, par tomber dans les bras de Morphée. Cette histoire était invraisemblable mais je l'avais bien cherché car si j'avais refusé de suivre Vicky dans la forêt, rien de tout ça n'aurait eu lieu.

Ainsi, incapable de trouver le sommeil, angoissé par les images dans ma tête, les remords, le sentiment persistant d'une présence non humaine dans le bungalow, l'absence inquiétante de Flocon que je n'avais pas vu de l'après-midi et la pression que je ressentais sur ma poitrine, j'ai décidé de faire un tour dehors. J'avais bien entendu qu'on devait éviter de sortir la nuit. Mais j'étouffais à l'intérieur. Je n'avais pas remarqué à quel point ici les ténèbres étaient épaisses. Tellement denses qu'il me semblait m'enfoncer dans de la matière. Le terme direction avait perdu tout sens pour moi.

Soudain, j'ai vu une lueur au loin qui filtrait d'un cabanon. Je n'avais jamais vu cette bâtisse à droite de l'entrée de la salle de restaurant. Pourtant, ce lieu ne pouvait être sorti de terre en une soirée et au lieu d'avoir envie de fuir je me suis senti attiré, malgré un mauvais pressentiment. J'avais maintenant terriblement envie de dormir et ce n'était pas la fatigue mais la peur qui me plongeait subitement dans cet état. Malgré cet effroi, je me suis approché de l'ouverture du cabanon, sans fenêtre ni rideau, et j'ai regardé discrètement à l'intérieur. J'aurais dû perdre connaissance ou au moins hurler. Alors même que je voyais l'impensable, j'ai seulement cligné des yeux plus que de coutume. Je devais avoir un air sévère et peut-être même un peu triste.

Dans la nuit cotonneuse se déroulait un spectacle dont je ne désire pas faire la description. Trois hommes, torse nu, deux Noirs et un Blanc, réunis autour d'un feu, étaient en train de démembrer Flocon à la machette. Puis ils le dépecèrent avant de faire cuire les morceaux de l'animal et de les manger comme s'il s'agissait d'un mouton ou d'un bœuf. Je me suis éloigné de la brèche et, dans l'obscurité définitive, j'ai porté sans trembler mes pas à reculons. Les ténèbres que je traversais de nouveau étaient moins obscures que les corps ignescents qui dévoraient l'affectueux labrador d'Isabelle et Alex. J'étais plongé dans une sorte de demi-sommeil. Mais pour la première fois de mon existence neuve, je me suis souvenu clairement que je connaissais la mort et que j'avais vécu, sans pouvoir y associer des images, sorgue et terreur ô combien plus épaisses, et j'ai su avec certitude que j'avais été ramené des morts. Non, rien ni personne ne disparaissait vraiment et quelque chose de terrible allait bientôt se produire.

XI

Ouragan

Compte à rebours…

Rita m'a embrassé en se levant. Et je n'ai rien eu à redire à cela. Elle ne m'en voulait plus. Ce qui me préoccupait maintenant, c'était la mystérieuse cabane que j'avais vue la veille. On est allés prendre le petit déjeuner tôt. Il n'y avait aucune cabane à l'emplacement où je l'avais vue la veille, pas la moindre trace. Rita, qui voyait tout, a remarqué que quelque chose me turlupinait. Je lui ai dit que la dégradation du climat et du ciel habituellement coloré m'inquiétait vraiment. Alors elle m'a soufflé : « Moi aussi. » En effet, il tombait du sommet des cieux des torrents de vent qui s'atténuaient en rebondissant sur le paysage. Mais cela tranchait violemment sur le climat que nous avions connu jusque-là. L'océan était de moins en moins limpide et les poissons, qui semblaient se donner le mot, disparaissaient les uns après les autres dans des caches sous-marines connues d'eux seuls. Pendant le petit déjeuner, Isabelle est venue nous voir affolée. Elle nous a demandé si ce matin nous n'avions pas vu

Flocon. La dernière fois où elle l'avait aperçu, c'était la veille au soir devant notre bungalow. Cette énigme plongeait la jeune femme dans un profond désarroi et Rita trouva les mots justes qui la consolèrent un peu. Avec ces ténèbres dans ma mémoire, je n'aurais rien pu dire. Je savais seulement de manière certaine que je n'avais pas rêvé.

Vers 11 heures, j'entendis Alex chercher Flocon en hurlant son nom, la voix cassée par l'émotion. Et j'eus moi-même le cœur brisé. Aucun artiste ne peut réellement affirmer qui il est et ce après quoi il court vraiment. Et bien que je fusse sur le point de sortir un roman, ce n'était pas cet ouvrage qui dirait au mieux ce que je n'étais pas. Mais maintenant, après l'expérience de la nuit, avec le souvenir de la tête décapitée et des orbites évidées de ce pauvre chien, je savais. Albert Camus avait écrit en substance dans *L'Été* que ce qui était nommé était déjà perdu. Le regard mort de Flocon disait de façon rare ce qu'aucune parole ne pouvait perdre. L'humanité est une qualité qui embrasse quelques fois l'animal.

Après le déjeuner que nous avons de nouveau pris dans notre bungalow, nos hôtes nous ont invités à passer l'après-midi chez la mère d'Isabelle qui habitait dans les hauteurs de l'île. Ils voulaient se changer les idées et nous remercier d'« avoir aimé Flocon » car ils pensaient désormais qu'il lui était arrivé malheur. On ne le reverrait plus.

La mère d'Isabelle résidait dans une grande habitation de type colonial. Elle s'appelait Marie-Antoinette. C'était encore une très belle femme, élégante dans son port de tête et dans sa tenue vestimentaire extrêmement vive. Elle nous a fait servir de délicieux gâteaux à la noix de coco et du thé dans une vaisselle d'un raffinement exquis avant de nous raconter son histoire. Elle était venue s'installer sur l'île en 1934 avec ses parents, qui avaient fait fortune dans les épices. Elle n'était jamais revenue en France depuis. « Je suis née à Blois en 1932 et je n'ai pour ainsi dire rien connu d'autre que cette île », a-t-elle ajouté. Sa fille a ironisé sur le fait qu'elle au moins avait eu la chance de fuir et de vivre à Paris dix-sept années formidables. « Mais tu es revenue, et personne ne t'y a contrainte, ma chérie », a repris Marie-Antoinette, en portant sans trembler à ses lèvres sa tasse de thé. Pour la première fois depuis le début de notre séjour, j'ai pensé à ma propre mère et j'ai eu envie de pleurer.

Marie-Antoinette nous a appris qu'un temps comme celui-ci était totalement aberrant pour Sainte-Marie. Elle avait assisté ces vingt dernières années à plus d'inondations, de tempêtes, d'ouragans et de feux de forêt qu'elle n'en avait vu les soixante premières années de sa vie. Son regretté mari, lui, s'était battu jusqu'à son dernier souffle pour protéger l'écosystème de l'île contre toutes les absurdités de l'agriculture et de l'industrie moderne liées au rendement à tout prix. Elle a fini en maudissant le tourisme occidental qui selon elle était un cancer, puis nous a dit dans un sourire : « Mais si, dans votre cas, c'est un cancer bénin, ça ne reste pas moins un cancer, mes enfants. »

Nous sommes redescendus au bungalow où Rita et Layla ont fait une longue sieste. Isabelle, Alex et moi avons continué à discuter. Ils s'inquiétaient du temps qui continuait à se dégrader et j'ai constaté qu'ils commençaient à avoir peur. Ils m'ont conseillé de mettre le maximum de nos affaires dans la baignoire parce qu'elle était « en dur », dans le cas où une tempête se lèverait. Je n'ai pu m'empêcher de penser à Marie-Antoinette, et au ridicule d'une baignoire face à un ouragan. Quant à nous, nous resterions groupés dans la salle du restaurant qui était tout « en dur », et si les choses chauffaient, on éteindrait le grand congélateur et on se réfugierait tous à l'intérieur. « C'est ce qu'on a fait ces dernières années et ça marche bien. » Y avait assez de place pour nous et tous les employés du complexe. Alex m'indiqua que les autochtones, qui ne voyaient pas les choses comme nous, allaient toujours rejoindre leurs proches, même si, dans leur immense majorité, ils vivaient dans des habitations qui n'étaient pas « en dur ». Quand le ciel se détraquait, ils soumettaient leurs propres vies au bon vouloir du destin. Il y avait suffisamment de place dans « le grand congélateur », ou plutôt dans la chambre froide, pour nous sept.

À l'heure du dîner, le temps s'était totalement détérioré. L'océan était boueux et le vent infernal. Tous les employés avaient rejoint leur famille dans les hauteurs ou dans les terres, et l'électricité, de manière préventive, avait été coupée plus tôt. Aussi lorsque la nuit est tombée, nous nous sommes éclairés à la torche à pile, à la bougie et à la lampe à pétrole. Tout avait été prévu, la chambre froide était prête à nous recevoir et une partie du réfectoire avait été changé en dortoir avec six couchettes parfaitement disposées. Quand Vicky et Renaud ont fait leur apparition, ils étaient blêmes et tremblants. Vicky, qui avait semble-t-il oublié notre différend, m'a serré dans ses bras – son compagnon et elle ont répété cette étreinte avec chacun d'entre nous –, chose que Rita n'a apprécié que moyennement. Le dîner qui tenait plus d'une collation s'est passé en silence, sous la bande sonore du fracas des éléments. Il y avait du vent, de la pluie, du tonnerre et des éclairs mais Alex, qui suivait régulièrement les bulletins météo sur sa CB, disait que l'on n'avait rien à craindre pour le moment. Nous avions encore affaire, même si elle était violente, à une simple tempête. Pourtant, à 4 h 13 du matin, alors que Renaud, avec qui je jouais aux échecs, me battait une fois de plus et que les femmes et Layla dormaient par intermittence, Alex, la mort dans l'âme, est venu nous annoncer que la tempête s'était changée en un ouragan, qui se dirigeait droit sur nous et qu'il viendrait tambouriner à notre porte vers 17 heures.

Il s'est assis et a bu un verre d'alcool fort. Tout le monde était réveillé maintenant et le regardait sans savoir quoi dire. C'est Renaud qui a rompu le silence le premier en demandant si on allait tous mourir. Alex se voulait rassurant : ce genre d'ouragan avait l'habitude de succomber dans l'océan avant d'atteindre quoi que ce soit ou bien faiblissait en chemin pour ne faire que de légers dégâts. Isabelle a confirmé en hochant plusieurs fois la tête. Rita a souri à Layla puis m'a scruté avec tendresse et inquiétude. Vicky qui, depuis l'annonce d'Alex, avait gardé la tête baissée, s'est redressée. « L'ouragan se dirige droit sur nous, c'est sûr ? Il n'atteindra aucune autre île avant ? questionna-t-elle. — Non, rien que la nôtre… a murmuré Alex. — Je ne sais pas pour vous, a-t-elle renchérit, mais moi je ne vais pas attendre tranquillement que ce putain d'ouragan vienne me chercher. » Si des avions décollaient encore, nous avions certainement le temps de nous rendre sur l'île voisine. Isabelle a longuement expliqué que ce genre d'ouragans étaient capricieux et imprévisibles, et un départ précipité n'avait aucun sens, en outre elle avait, comme la quasi-totalité des habitants de l'île, vécu de nombreuses tempêtes et quelques ouragans et ils étaient tous en vie. Il fallait se détendre et se préparer, au pire, à s'enfermer quelques heures dans la chambre froide. Renaud a pris Vicky dans ses bras, promettant qu'il allait lui trouver un avion dans cette île de « merde », qu'elle devait lui faire confiance, qu'il n'en avait « rien à foutre » des « conneries » que racontait Isabelle. Ils s'en iraient tous les deux, quoi qu'il arrive, rejoindre l'île d'à côté, avant 17 heures. Un peu plus tard, ils se sont mis à pleurer comme des enfants puis à hurler qu'ils ne voulaient pas mourir.

Je ne souhaitais pas les juger, mais je ne pouvais m'empêcher de voir deux professeurs émérites de philosophie à l'attitude puérile. Je m'étais moi-même assis calmement au côté de Rita et Layla, pendant que Vicky et Renaud se donnaient en spectacle. Et alors que je tenais la main de Rita et embrassais Layla sur le front, je ne cessais d'observer silencieusement ces ersatz de Beauvoir et Sartre, me disant qu'il existait en effet une préparation à la sagesse bien plus élevée que cette philosophie, dont ils nous donnaient un piètre exemple. Que cette préparation à la sagesse ne se destinait plus à la raison, mais à l'âme ainsi qu'à l'esprit, qu'il s'agissait de cette préparation intérieure qui *in fine* devait nous faire prendre pleinement conscience qu'« il n'y avait pas d'autres réalités que la Réalité », et donc simplement finir par nous apaiser. C'était précisément maintenant que Renaud – qui nous avait fait, plein de suffisance, la leçon sur Pythagore – aurait dû comprendre que son attitude était à l'opposée des plus hauts degrés de l'école de Pythagore. L'expérience de la mort introduit toujours au mystère, me suis-je dit. Au moins, si on survivait, Renaud comprendrait que la philosophie telle qu'il l'entendait n'était pas complète en elle-même et qu'il y avait forcément quelque chose de supérieur et de plus élevé. On a tous regagné nos bungalows au bout de trois heures environ quand Alex nous a certifié que rien n'allait bouger, que les choses même se calmeraient, jusqu'à ce que l'ouragan soit à proximité, c'est-à-dire une à deux heures avant l'impact.

Plus tard dans la journée, aux alentours de 13 h 10, Vicky et Renaud sont partis sans prendre le temps de nous dire au revoir. Alex leur avait trouvé un petit avion et un pilote qu'ils payèrent une fortune.

C'est vers 15 heures que nous avons su que l'ouragan avait subitement changé de direction et qu'il se dirigeait maintenant vers l'île où venaient d'atterrir les professeurs de philosophie. Mais c'est le lendemain seulement, en fin de journée, que l'on apprit que l'île voisine avait été totalement ravagée et que ni Vicky, ni Renaud, ni leur pilote n'avaient survécu.

La photocomposition de cet ouvrage
a été réalisée par
Graphic Hainaut
30, rue Pierre Mathieu
59410 Anzin

Imprimé en France par CPI
en août 2020
N° d'impression : 3039566

Pocket – 92 avenue de France, 75013 PARIS

S30992/01